世界是我念过最好的大学

中国華僑出版社

目

录

chapter 01

不只是乌托邦——黑石城火人节

0 涅槃吧，木人

跟我一起围坐在这个巨大木人周围的，是火人节（Burning Man）黑石城近七万的居民。这个城市在美国内华达州黑石沙漠里，每年只有八天的寿命。几天后全城的人都会离开，带走或者烧毁一切，整座城市片甲不留。

就在今天晚上，万人空巷，家家户户都在翘首以盼木人燃烧的那一刻。这个木人长得有些奇特，看不出性别，也没有五官，只有简单的四肢架构。它少说也有 20 米高，站在一个巨大的木制圆形高台上面。

熊熊烈火，就这样燃起来了。这团火，仿佛是宇宙间最纯洁的光芒，在这个神圣的夜里，潜入黑石城。它放声笑着，舞蹈着，吞吐着红舌，火光冲天，把黑夜里依然弥漫着沙尘的天空都照亮了。

人山人海的近七万居民，情绪一下子被点燃了。大家欢呼着、跳跃着，有的人给身旁的人一个大大的拥抱，告诉他“你是这个星球上最美的人”；有的人眼角闪着泪光；也有人默默地、充满欣慰地，对着那燃烧着的火人微笑着。

我呆伫在人群之中，望着那已经坍塌了一半，很快就要被烈火吞噬掉的木人，一行清泪划过面颊。这一刻，我明白了火人节的意义。

那燃烧的，是自己，被权威统治、被主流束缚的自己。

那重生的，是崭新的自己。它破茧绽放，从此不再受禁锢。

1 结缘黑石城

Burning Man

我不知道该怎样描述火人节，想起那段经历，恍如隔世。它像一个分享艺术、快乐、爱与自由的临时乌托邦，是一个城市，或者是一个国家，甚至是一个世界。向一个没有去过的人解释火人节，就如同向一个盲人描述色彩一样困难。

第一次听杰西说起火人节的时候，是三年前，那时我正要入职投资银行，准备做个好职员。他坐在我面前，滔滔不绝地讲述火人节所在的黑石城是多么神奇。

相传黑石城起源于一对离婚的美国夫妇。丈夫为了埋葬逝去的感情，用木头做了个人，象征自己，在旧金山的海滩上一把火把它烧掉，用来表示自己已脱胎换骨。后来因为被警察驱赶，就找到了内华达州内曾是一片湖床的黑石沙漠，作为烧木人的基地；再后来就发展成为现在的黑石城。

而今，每年 8 月末，来自世界各地的几万人会涌入黑石沙漠，在这片寸草不生的荒漠里，凭空建造起一个只有八天寿命的城市——黑石城，这里一下子成为内华达州第二大城市。所有的参与者，即黑石城的临时居民被称作 Burner。所有生活用品必须自带，这个城市里唯一售卖的是冰和咖啡，除此之外再没有任何商业行为，完全无须金钱。这座城市里有无处不在的艺术，异想天开的空间构造，缤纷炫目的主题营房，天马行空的声音与光影装置，和各种穿着奇装异服甚至全裸的 Burners。火人节的高潮时刻，就是所有黑石城的居民围坐在一起，欢呼雀跃地燃烧一个十几米高的木制人雕像。黑石城的一个原则就是“不留痕迹（Leave No Trace）”。八天过后，所有居民离开，带走所有垃圾，并把所有的装置和艺术作品焚烧至片甲不剩。整座城市瞬间蒸发，又恢复成荒无人烟的沙漠。

我冷冷地抛了一句：“美国人可真能玩啊，你们这些不靠谱的嬉皮士！”杰西一脸沮丧地把未说完的话咽了回去。

时隔一年。一天，我被老板叫去说有新项目，完不成的话就要取消我预定好的假期；又被同事挖苦说拎的包不是名牌，一定找不到可以给我买钻戒的男朋友；我苦闷地在办公室加班到死。一身疲倦地出门时，已经午夜 12 点了。我一脚踏入出租车，只觉身体像被抽干了一般，一下子瘫坐在座椅上，想听歌却连掏出耳机的力气都没有。车窗外一幢幢灯火通明的高楼在视野中飞速闪过，我的大脑一片空白。忽然之间，脑海中蹦出来的居然是火人节，我自己都被这个疯狂的画面给惊住了。

不过，也许我需要这个？色彩，音乐，艺术，没有官僚制度，短暂脱离物质社会，离开办公室回归自然？

回到家中，我兴奋地坐在电脑前，认真研读着火人节的每一条信息——爱、自由、乌托邦与寻找自我——我真的需要这些！

就这样，在策划辞职出走间隔年的时候，心愿清单上的第一条就是——黑石城火人节！由于我属于无业游民范畴，我还申请到了低收入人群门票，190 美金，是正常门票的一半。

2 “我再也不是黑石城处女了！”

前往黑石城前，我心中充满的不是憧憬与期待，反而是担忧与惧怕：我怕不懂黑石城的规则，我怕没有足够酷的奇装异服成为不了那里的一员，我怕自己思想不够开放，我怕其他人用与性和毒品相关的词汇调戏我，我怕再次被孤立、被边缘化。

匆忙之中，思想准备和生存准备都没有做充足的我，背上一些衣物和十几袋方便面，扛上一辆从加州朋友家借来的自行车，联系了 Facebook 上一些同去黑石城的陌生人，就搭车向黑石城进发了。

七八个钟头后，迎接我们的是满天飞扬的尘土，看不见天地与远方。一个身姿妖娆、装扮嬉皮的美女从远处飞奔而来，示意我们跳下车。她以迅雷不及掩耳之势撩起了上衣，丰满的胸脯赤裸在了我们面前。然后她大喊一句："欢迎回家！"还没等一脸惊悚的我们把目光从她的胸脯上移开，她就嘶吼着一声令下："趴下！胸膛贴着荒漠，感受这大地，感受这尘土！"我们不得不从命，万般无奈地把身上的干净衣服弄得满是灰尘。

那美女得知我是初次来火人节之后，把一根大棍子递给我，要我狠狠地击打一口站立着的大锣，带着我大喊了一句："我再也不是黑石城处女了！"然后她给了我一个大大的拥抱，足足有十秒钟。最后，美女给了我一份黑石城手册，我就灰头土脸地回到车上了。我正想着自己运气怎能这么差，撞见如此变态的接待人员，只见旁边一辆车上的两个女孩在一个来迎接的嬉皮帅哥的要求下，把上衣脱得只剩胸罩，然后去敲那口锣。我眼珠泛白长长地舒了一口气。

黑石城手册的首页，重申了黑石城的十项基本原则，也是黑石城之所以为黑石城的秘诀：

1. 绝对包容：任何人无须任何条件即可以成为黑石城的一分子，这里欢迎并尊重新成员；

2. 无条件给予：鼓励一切无条件的赠予行为，无须回报或等价交换；

3. 去商品化：不受商业侵蚀，抵制消费文化，拒绝一切商业行为、广告与赞助；

4. 自力更生：鼓励公民发现、锻炼并依靠个人的资源与自我的力量；

5. 展示自我：在尊重他人的前提下，鼓励一切形式的自我表达，与众不同的行为不会受到评判与否定；

6. 共同努力：共同创造、推动并保护社区的社交网络、公共空间和艺术作品；

7. 公民责任：公民须承担自身的社会公益责任，并遵循当地所在州及联邦的法规；

8. 不留痕迹：尊重环境。离开黑石城时须清理自己带来的一切，不留任何痕迹；

9. 全身心参与: 个人与社会的改变源于深度参与与付出。这里没有观众，只有演员；

10. 直观体验：我们不断寻求突破障碍，这些障碍存在于自身与认知之间，与现实之间，与社会之间，与超越人类力量的自然之间。没有人可以取代你的直观体验。

黑石城的布局很有趣。整个城市是圆形、按格子划分的，像一只时钟。钟表的中心广场非常大，正中央是那个等待被焚烧的木人。广场周围是一条条从木人向外延伸，并按照钟表上的时间命名的主路。主题营地及村庄就坐落在这一条条的主路之间，并以字母命名，一圈圈地延伸出去，近七万居民都住在这里。而我，受几个网友之邀，就住在 2:30H 的那个路口。

这里每年都有一个主题，全部来自于我们的生活。2006 年主题是希望和恐惧，2007 年是绿人，2010 年则是大都会。主题不同，木质巨人的设计和黑石城的布局也会相应地变化。今年的主题是船货崇拜（Cargo Cult），是一种宗教形式，是指在一些与世隔绝的土著部落里，人们看见外来的先进科技，就会将之当作神一般崇拜。我想这大概是 Burners 对自己的善意调侃吧。

无论是中心广场，还是各个主题营，都有居民自发建造起来的极富想象力的荒诞雕塑，表演、艺术装置和移动城堡 ，一切都像是电影里才有的场景。每走几步，不是一个挂满彩灯的移动电影院向我驶来，就是一个喷火的大型装置载着一

群欢呼舞蹈、装扮得像原始部落土著的居民同我擦肩而过。在这里，再扭曲、再荒谬的事物也不足为奇。

到处都聚集着有各种发型、身体彩绘和盔甲装扮的艺术家与嬉皮士。打听了一下，四分之一都来自美国之外的国家。年龄也参差不齐，小到在父亲手中梳着拖把头的小婴儿，老到穿着一身粉色袍子、腰都直不起来还在路边发饼干的老爷爷。

作为一个骨子里还挺传统的娃儿，最抓我眼球的还是那些大街小巷赤身裸体的居民。虽然几个钟头过后，我就已然不再大惊小怪地跟赤裸的他们并肩坐在一起，喝咖啡、聊天，眼神不小心转到他们的私密部位时，再装作若无其事地收回来。

最可爱的还是那群在广场上放形状奇特的风筝的孩子们。抬头望向天空，除了一些五颜六色的气球，还有一个个身着奇装异服跳伞的人。居然还有一个全裸着往下跳，一下子把我逗乐了。

很快我就明白了为什么“处女 Burner”在来到黑石城前，都会被要求去阅读那整整 20 页的生存手册，在这里生存果真是一种挑战。沙漠里白天气温直飙 40 度，又热又干，每半小时就要喝一次水，否则舌头就会开始冒烟；晚上又冷得不可思议，我把带来的所有衣服都裹在身上，却还是几次在深夜里被冻醒。还好我扛了辆自行车来，城里大部分人都在骑车，因为黑石城很大，从我所在的营地骑车到城市的另一边，不迷路的话也要半个多小时。

最恐怖的还是漫天的风沙，我猜想这跟传说中的北京沙尘暴不相上下。第一天清晨睁开眼睛，唇边、身上、睡袋上、帐篷里，尽是尘土，营友取笑我努力拍打睡袋上尘土的样子：“还在乎呢？等最后一天再看看你的样子吧！”在城中骑车更是满面尘土，我只得一边迎着风沙骑着车，一边阿 Q 精神地哼着自己编的小曲儿：“我是一个沙漠的女人，自由地吹着沙丘的风。生于尘，归于尘，何惧生命的终点皆成空。”

3 黑石城完美的一天

黑石城的每日生活都充满了戏剧化的色彩，无法预期，难以计划。如果硬要讲述我的一天是如何度过的，大概是这样：

8:00am——起床。太阳就是我的闹钟，8 点就已把我的帐篷烧得像烤箱一样，再不起床就熟了！

8:20am——门口带音乐的彩车轰隆隆，有人上门来送报纸。忘了说了，黑石城有自己的报纸。

8:30am——步行五分钟去“神秘空间营”参加集体冥想打坐。

9:30am——回家整顿，装扮起来，准备出发！

10:00am——骑车出门找食物！

10:30am——被几个以色列人邀请进他们的“流浪者营房”，一边吃他们为 200 个过路人准备的混合了干果、椰糖和水果的健康又美味的麦片粥，一边兴高采烈地同他们聊犹太人的历史与文化。不知不觉两个钟头过去，他们又端来一大盘蔬菜沙拉，与我分享。

1:00pm——顶着烈日逛黑石城。城市里有成百上千件的雕塑和艺术品，眼睛都看花了。偶遇有趣的路人时就停下来聊聊天，比如加州美女蜜雪儿，她在殡仪馆做遗体美容师已经十年了。

3:00pm——渴死了，去找水。路过一个“马背牛仔营”，一个美国大叔笑呵呵地接待了我。他不仅将我的水壶灌满水，还送了我一瓶可乐和一个刻着他们营名的打火机。临走前他问我有没有沙漠名，我不解。原来在黑石城，居民一般不用真名，而是用沙漠名，而且沙漠名必须是其他人取，自己不能取。于是大叔为我取名为“光芒（sparkle）”，他觉得这很符合我的个性。

3:30pm——翻开活动手册，寻找一些有趣的“临时大学”里的开放课程。我骑车去了“开悟营”上了一门课——神灵的存在。

5:00pm——被邀请去“灵爱咖啡营”喝美味的咖啡。咖啡屋的一个巫医对我进行了灵性分析（Spiritual Reading），她根据我的灵性气场，在我脸上画了一幅画，尽是紫色的花。

6:00pm——去 Whollyness 寺庙禅坐，却遇上了一对日本夫妇的婚礼，见证了

整个美好的过程。婚礼结束后，新婚夫妇与大家分享冰激凌和蛋糕。沙漠里的冰激凌！拍了一张照片，我的“冰激凌环游世界”系列又多了一张有趣的照片。

7:00pm——大漠日落。天边妖娆的颜色让所有居民为之驻足。

7:30pm——气温正在下降，回家穿外套，然后骑车出门转城市。夜晚的黑石城比白天还绚丽，火焰与灯光闪烁，点亮了整座城市。

9:00pm——在人山人海中，围绕着一些艺术作品，观看它们被焚烧的过程。随后我们欢呼、庆祝，和周围的人们拥抱。

10:00pm——被邀请进“国王营”和一群加拿大人分享晚餐，我最爱的烤起司！我们还一起玩起了乐器，唱歌，跳舞。

11:00pm——骑车回家的路上，路过有趣的营就杀进去转转，看了一些现场音乐演出。

12:00am——回家睡觉。明天又是崭新的一天！

4 经济社会的基础可以是爱

我在黑石城收到的第一份礼物，是来自临行前我在Facebook上联系的多娜大姐。她可真是用心，知道我没有帐篷，专门多带了一只送我。原本因为露营问题不知如何解决而忧心忡忡的我，一下子感受到了黑石城里“无条件给予”的温暖。而我在吃、喝和行方面的担忧也很快被打消，这个秘密还是源于这里的“无条件给予”和“去商品化”的原则。

先说吃。一天的任何时刻，路边总有一些主题营在发放食物，或者会在路上偶遇某个人，然后受邀去他的营房做客并分享食物。在黑石城里，我不是正在跟一群加州大叔在“爱与和平营”共进墨西哥牛肉玉米卷，聊他们在微软工作的趣事；就是在“撒满巫术营”里一边喝草药茶，一边接受巫师为我算命；或者在路边等候墨西哥大妈正在烤烧的腌猪肉、香肠和黑莓松饼，并跟一位加拿大姐姐谈论建立一个主题营需要花多少精力。

这些天下来，我背来的方便面一包没动过，肚子却从未空过。原本没有食物是一件令人担忧的事情，但在黑石城却成了让我塞翁失马之幸事。因为有填饱肚子的动力，我参观了不少

有趣的营房，认识了很多有故事的神奇居民，也交到了不少好朋友，为我在沙漠里的生活增添了万千色彩。

再说喝。由于要搭车，我不方便背太多行李，于是身上带的水连喝一天都不够。来之前，往来黑石城多年的居民就让我吃下了一粒定心丸："别怕，在黑石城，所有人都是亲人，吃喝不是问题，不能用金钱去生存更不是问题。你是处女burner，亲人们给你帮助是应该的，完全不用内疚。"

果真，每天路边都有很多主题营发放免费的水和饮料，他们还总会把我的水壶装满让我带走。有时找不到提供水的地方，我就莽撞地闯入一些主题营寻求帮助，时常被营房的居民留住，一边喝水一边聊天，从没被任何人拒绝过。一次我还闯入了"水营"，那里的水都是从世界各地运来的，有不同的味道，也代表不同的能量。负责水营的法国小哥精心为我调制了一瓶符合我个性的水，由来自墨西哥代表"喜悦"的，法国代表"爱"的和纽约代表"力量"的水混合而成。

再说行。有一次我的自行车坏在路上，正于烈日下彷徨不安，几个行人就指引我去了附近的"自行车营房"。营房里的人微笑着迎接了我，三下两下就把我的车子修好了。

最后是清洁。在这漫天尘土又燥热得足以把人蒸发的沙漠中，八天不洗澡不是脏死就是臭掉。我的解决方式很简单，即厚着脸皮向有简陋冲凉设备的营房请求冲凉，而每次都能得到营房居民的爽快应许。因要遵守"不留痕迹"的原则，须把冲凉后的脏水晒干，然后把残渣污垢背走。有一次我开心无比、一蹦三跳地从冲凉棚里跑出来时，允许我冲凉的营民大叔拍拍我的肩膀大笑道："好好享受你那仅有的、身上还算清洁的一个钟头吧！"

在黑石城，只要有能力帮助你的人，绝对不会拒绝。这里的"无条件给予"与"去商品化"原则，不仅解决了我的"生存"问题，更让我愉悦与感激地"生活"着。

路边分发首饰和小挂件，甚至拥抱和亲吻的人，很是常见。还会有一些"心理诊所""推拿按摩屋"和"灵性工作坊"，是一些心理学和灵性工作者为居民提供免费服务的场所。在黑石城，很多居民把一些主题营规划成临时大学，开设各种课程，免费授课。冥想、瑜伽、营养学、情感处理、人生规划、歌曲创作，应有尽有，每一时刻都至少有四五所“大学”在教授不同的课程。常会有一些另类的大学开设非主流课程，譬如如何在性爱中得到高潮，如何经营一段开放关系（Open Relationship）等。

因为来前准备不充分，我能够赠予的礼物就只有自己设计的“冰激凌环游世界”明信片。我默默地希望明年还能来黑石城，做更充分的准备，带一些更有价值、更别致的礼物，或者在一个主题营为大家煮中国饺子与汤圆。

我们生活在一个充斥着物欲的商品社会，人们习惯于金钱购买或是以物易物。大学里我辅修了经济学，一门建立在货币基础上的学科。突然闯入这样一个没有货币基础、摒弃了市场规范、没有金钱往来、完全靠爱来支撑的“礼品赠予社会”，我的经济社会观一下子被撼动了。“礼品赠予社会”中最让我向往的，是给予背后的感情纽带。在我们熟悉的商品社会中，买与卖的过程，是没有人与人之间的情感联结的；你所需要的，只是金钱和利益。而在礼品赠予的过程中，一条情感纽带就自然形成了；你感受到的，是爱与生命能量的流动。赠予礼物的人，是满足的、快乐的。而接受一份礼物又是多么温暖的事情啊！久而久之，内心再冰冷的人，也愿意做一些付出，不是吗?

而“礼品赠予社会”的基础，就是爱，就是人与人的合一。当你爱一个人，认为他是你的亲人、朋友的时候，你是不会用金钱来衡量的。后来我才知道，其实在很多古老的部落里，礼品赠予经济并不罕见；而古老的西方世界，礼品赠予经济也占有非常重要的比例。我并不是在完全肯定“礼品赠予社会”，黑石城向我展示并让我思考的，是另一种经济体制的可能性，一种充满爱的社会的可能性。

5 政治社会的基础可以是爱——无为而治，天下大同

黑石城居民的开放与互动程度，是我未曾感受过的。街上遇见的每个人，你都可以走过去道声好，聊聊天，分享彼此的故事。而黑石城的每一个主题营，也都是你可以“擅自闯入”并交流互动的小社区。这就让每个主题营里的小世界，同黑石城这个大世界，有了千丝万缕的联结。

多娜大姐语重心长地告诉我:“在美国，平均每户人家有近三台电视，也就是说，每一个家庭成员会在自己的房间里看自己的电视。现在的社会，大家看电视的时间比跟家人朋友交流的时间多太多了。也有很多人，他们每天开着电视，却根本不在看，因为他们内心太孤寂了。黑石城里没有一台电视，每个人都在与周围的人交流，这让我好开心啊！”

也正是因为这些自由、开放与互动，黑石城成为千万灵感的诞生地。我原本以为黑石城只是汇集了艺术家和嬉皮士的盛会，但事实上这里近七万的参与者中

很大一部分都是硅谷的科技领域的极客。这也许也解释了为什么从小热衷IT的乔布斯会迷恋神秘主义，选择了以自由精神与嬉皮士生活方式著称的里德学院，又一路追寻去了印度。

最撼动我内心深处的，是那安静坐落在中心广场一角的寺庙，它是黑石城居民的心灵家园。黑石城中到处都是欢声笑语、表演与庆典，而这个角落却只有静谧与圣洁。寺庙很大，由很多规则的几何图形构成，建筑本身精美的镂空设计让人叹为观止。与以往我所见过的寺庙不同，这个寺庙里并没有供奉任何神灵，而是祭奠逝去的生命。几块黑色巨石在寺中央叠置得很高，还有几个身着黑白袍子的居民演奏着空灵的音乐，每个人都在默默地沉思、祷告，或在墙壁上书写，为逝去的亲人、朋友甚至是宠物留下爱与思念的话语。有的人闭目静坐于一角，泪光闪耀。我含泪在墙上为五个月前离去的外公写了一些话，多么希望他在天堂可以听见我的声音。

黑石城中第一次出现寺庙是在2000年，是由两个美国男孩David和Jack建造的。在他们来黑石城之前，朋友刚刚在一场车祸中逝世。于是他们希望借由这座寺庙，来祭奠朋友的离去。万万没想到，这座寺庙成了2000年黑石城中居民最心爱的建筑，每天都有源源不断的居民在那里祭奠自己离去的亲人和朋友。自那之后，寺庙成为黑石城中不可或缺的一部分。每年的寺庙都有不同的设计和主题，而今年的主题是Whollyness（完全），是希望居民们可以在其中沉思与冥想，让自己同自己、自己与世界成为一个整体，活出真正的自己。

八天之后，整座城市片甲不留。在黑石城的晚上，每天都有一些雕塑等艺术作品被焚烧。“为什么要被烧毁？这些艺术品多么精美，是多少人的心血啊！”我愤愤地问多娜大姐。她浅浅地微笑：“这不就像我们的人生？是轮回，一切都是暂时的，再繁华的一切也终将消失。”这让我想起传说中米开朗琪罗最伟大的雕塑作品，它被塑在冰上。也许正因为知道要失去，我们才会更加迫切地想珍惜现在。去欣赏一件件即将逝去的艺术作品，去见黑石城中每一个想见的生命过客。

无论是在木人还是艺术作品被焚烧的时候，整个城市像在进行一场盛大的庆典，万众欢腾。然而星期日晚上，几万人安静地盘坐在四周，与邻座的人手牵手，默默地祝福、祈祷。泪光闪耀地望着漫天的火光，直至消失。在这一过程中，虽然有几万人聚集，却安静得可以听到每一根木头燃烧的声音。倘若你有任何喧哗，周边的人会以异样的眼光望向你。

黑石城里充满爱，鼓励爱，无论是情侣夫妻之间的爱，家人朋友之间的爱，陌生人之间的爱，还是对自己的爱。

在这里，每天都有好几对夫妇结婚。有的婚礼由朋友或神父来公证，有的是请在黑石城新认识的朋友来主持。婚礼往往是露天的，在教堂或者寺庙前，任何人都可以来参加。我参加了一对五十多岁的夫妇的婚礼，新郎告诉我："凭什么婚礼只能办一次呢？我们每过几年就办一次婚礼，这已经是我们第六次婚礼了。婚礼可以为我们的爱情保鲜，提醒我们携手多年的感情来之不易，又可以邀请朋友来分享我们的幸福与快乐。"

黑石城里有三个邮局，你可以免费给世界任何一个角落的家人朋友写信，或者写信给黑石城里任何主题营的朋友。邮局的工作人员还会鼓励你给三年、五年或者十年后的自己写一封信，期满时他们会负责寄送给你。这是多么美丽的主意啊！一天下午我就静静地坐着，给十年后的自己写了封长长的信，提醒她别忘了还有梦想，还有星空和世界，别忘了要快乐。

因为随处能感受到爱，你便没有任何害怕与恐惧。新加坡是人身最安全的城市，犯罪率几乎为零；而黑石城，则是我见过的身体与心灵上都最安全的城市。我不仅可以在黑漆漆的夜里骑车回家，身体与生命不会受到威胁；而且我也知道，当自己有内在恐惧与不安时，周围的每个人都是我的兄弟姐妹，随时会来帮助我。

一个社会，可以只用爱来支撑吗?

我不知道，但至少在黑石城是可行的。在这里，每个人都是社会建设者，没有人是旁观者；每个人都在尽一份力，按照自己的理念来缔造一个社会。在这里，没有人会问，我的社会可以为我做什么；大家都是在思考，我可以为我的社会做些什么。

每日每夜，黑石城的点点滴滴都在向我发问，我那曾经熟悉的社会里的一切，是合理的吗？是必要的吗？还有别的可能性吗?

那天深夜，我骑车回家，路过一个主题营房，里面传来爸爸最喜欢的那首约翰·列侬的Imagine（《想象》），我不由得停下车，在一片漆黑中驻足聆听。

Imagine there's no heaven	设想这个世界根本没有天堂
It's easy if you try	试试看，这并不难
No hell below us	我们脚下也没有地狱
Above us only sky	在我们头顶只有天空
Imagine all the people	想象着全世界的人们啊
Living for today...	只为今天而活
Imagine there's no countries	设想这个世界不存在国家的分界
It isn't hard to do	这并没有想象中那样难
Nothing to kill or die for	没有杀戮和死亡
And no religion too	也没有宗教的纠缠
Imagine all the people	想象着全世界的人们啊
Living life in peace...	过着和平的生活
Imagine no possessions	设想这个世界没有财产与占有
I wonder if you can	不知你是否向往
No need for greed or hunger	没有贪婪与饥饿
A brotherhood of man	四海之内皆兄弟
Imagine all the people	想象着全世界的人们啊
Sharing all the world...	和平分享着整个世界
You may say I'm a dreamer	也许你会觉得我在做白日梦
But I'm not the only one	但我不是唯一的一个
I hope someday you'll join us	我希望有一天你会加入我们
And the world will live as one	世界合一，天下大同

我会心地笑了。我想，也许我愿意加入他们。那么你呢？

6 我不能成为我不是的自己

黑石城包容一切。无论你来自什么国家、什么种族，有怎样的传统和文化，有怎样的个性，着什么样的服装，没有人会评判你，这个城市只会去拥抱你。

记得之前我在网上看到有人把火人节定义为反传统狂欢节，而我并不能认同。他们不是反传统的，相反，他们是包容一切传统的。街上有着装极其另类的人，也有一些穿着保守朴素的人，有叛逆抗争的人，也有坚守传统与信仰的人。他们在黑石城都很快乐，而我来之前怕不够酷、着装不够嬉皮、发型不够另类的担忧一下子就被瓦解了。

黑石城的文化又是什么？我不觉得它代表了任何一种文化。既不是艺术家的文化，也不是嬉皮士的文化，它的文化就是包容一切文化。任何一种文化在这里都是不受抵制的，被抵制的是“抵制”本身。

我很期待焚烧木人的那个夜晚。我一直很好奇，那个木人到底代表什么？

于是就是刚开始的那幅画面：熊熊烈火中，木人开始坍塌，涌动的七万居民欢腾起来，互相拥抱。那是我从来没有见过的画面，像一个宗教仪式，又像一个庆典。而我在一旁，怔怔地望着即将被烈火吞噬掉的木人。那一瞬间，我明白了木人的含义，那便是每个人的“自己”。

那燃烧的，是自己，被权威统治、被主流束缚的自己！

那重生的，是崭新的自己！它破茧绽放，从此不再受禁锢。

在这个世界，做自己并不是件容易的事情。总是有人在评判你、衡量你，给你劝告；有时你也希望做另外一个人，或者做一些事情去取悦别人。在投行工作的时候，很多同事认为我太“嬉皮”，太出世，应该更加拼命工作，更加有壮志雄心，早日升职做高管。辞职背包上路的时候，遇见了很多服饰鲜艳、拖把头、鼓吹灵魂与性解放、多年在路上的所谓的“嬉皮士”，他们认为我太正经，有太多追求，太入世，不够洒脱。我们总是在以自己的眼光去衡量别人，把人与人之间的距离拉得越来越远。

我默默地对新生的自己说：“在无论是否有爱的社会，希望你一直会好好爱自己，做自己。同时也尽全力包容他人，让他们做自己。”

7 火人精神与嬉皮精神长存

离开黑石城的那天清晨，借着微微的日光，一眼望去周围已是一望无际的沙漠。零零星星有一些营地，所有东西都被烧毁或拆除了，而几乎所有居民也都已离开。

明明知道这样一个片甲不留的结局，我还是禁不住地难过了起来。难过之余，我突然发现帐篷门口有一件礼物，上面写着我的名字。我打开一看，原来是多娜大姐送给我的印有火人的 T 恤，还有一张她写给我的字条："别怕，勇敢走下去。"

搭车回家路上的十多个小时，每当看到路上有车尾绑一两辆自行车、脏兮兮的、喷印了彩色嬉皮图画的车时，我都异常激动，我知道他们是我在黑石城的兄弟姐妹，于是禁不住地拉下车窗互相打招呼。

回到家中，恍如隔世。

黑石城是我见过的最安全、最有包容性、最有爱心和最有社会性的地方，它让我看世界和看自己的角度都不同了。可是火人节已经结束了，然后呢?

在火人节，什么都不能留下，什么都不能带走。如果硬要说带走什么，居民们带走的是它的精神，是"无条件给予"，是开放，是爱，是那十项基本原则，是他们看世界、看自己的新的角度。

很多人确实把这些精神带回了现世。在2005年密西西比州Pearlington城的飓风过后，黑石城的几个居民在那里救灾，并用黑石城的十项基本原则建设了一个充满爱的社区。在加州的Oakland，几个从黑石城回来的人用黑石城的原则建立了一个社区，举办了持续八个星期的活动，把一片贫穷没有生机的邻里，变成了充满创造力的、快乐的艺术家园。现在世界各地也已经有了区域性的火人节，南非的区域火人节做得极为成功。就是这样借助每年几万居民放射性的力量，也许黑石城真的可以改变世界。

虽然火人节不代表任何文化，但在我心中，与火人节精神最吻合的，是嬉皮精神。在路上越久，就越发爱上了这批嬉皮士。

嬉皮士，不是你想象中的一头拖把长发、居无定所、吸食大麻、鼓吹性解放的疯子。真正的嬉皮士，是热爱简单的群居生活，互助互爱，向往天真与自由，寻找心灵归属，热爱生命与自然，反对世故与暴力，抵制杀戮与战争，信仰无为而治、天下大同的一群人。而那一切的本质就是，让我们互相爱一下，抛弃一些成见吧，本是同根生，相煎何太急呢?

他们不一定要穿奇装异服，不一定要吸烟，不一定要过居无定所的生活。他们可以是用播撒鲜花来阻止战争的约翰·列侬，可以是自问心源的乔布斯，可以是信仰自然的终南山隐士，也可以是我们楼下热心肠的、真心对待街坊邻里的卖豆腐的大婶，或者是我们身边愿意同一片叶、一块泥土相处，认为自然比打领带重要的公司主管。在这个物质生活丰富与传统信仰缺失的时代，嬉皮精神是我们后院的一片净土。

而我，又是多么希望把嬉皮精神带回中国，在中国开创一个黑石城，办一次火人节!

chapter 02

一瓶一钵走天涯

1 既然已经赤脚，不如索性奔跑

我的名字叫一帆，这两个字似乎早已注定了我的漂泊。从小我就向往远方，像徐霞客和切·格瓦拉那样的人物格外让我着迷。而这些年来，不知不觉中，我已漫游了世界各地的许多角落。越走，心越宽；越走，对生命和宇宙就越发敬畏；越走，就越接近自己的灵魂深处。路上的时光让我深深地相信，我还如夏花般活着，并未枯萎。

旅居新加坡的七年里，我搬过无数次家，唯独没变的就是墙上的地图。曾经那个小小的我，手握画笔站在床板上，在中国地图上描着自己去过的地方，看着零星的几个点，再看着偌大的世界地图兴叹，不知何时我才能背起行李，去探索那充满未知的远方。

刚来新加坡时，无法对韩剧和网游产生兴趣的我，开始与书中的人物交起了朋友，渴望寻找一些答案。每天天刚蒙蒙亮，我就会在台灯下一部部地翻四书五经和古代经典的电子书。再次翻到高中时熟诵于心的《蜀鄙二僧》时，心中却是一惊：

蜀之鄙有二僧，其一贫，其一富。贫者语于富者曰：“吾欲之南海，何如？”

富者曰：“子何恃而往？”

曰：“吾一瓶一钵足矣。”

富者曰：“吾数年来欲买舟而下，犹未能也。子何恃而往！”

越明年，贫者自南海还，以告富者。富者有惭色。

西蜀之去南海，不知几千里也，僧富者不能至而贫者至焉。人之立志，顾不如蜀鄙之僧哉？

我一下子觉得，高中背古文只是在背文字，智慧并没往心里沉。以为站在那么多“巨人肩上”，生活在高科技与现代化的世界里的自己，却像是在自作聪明。世上的真理，早就被智慧的古人看透，翻来又覆去地说了很多遍。再次看向墙上的世界地图时，我惊觉，也许上路，只需要一颗心足矣！

那就出发吧。不管与什么相遇，不迎，亦不拒。

第一次迈向远方，是和几个朋友去了云南。

出发前，我忐忑不安，总觉有看不完的攻略、整不完的行李，恨不得把整个家都背在身上。然而云南就这样充满微笑地迎接了我们。昆明的热情、大理清晨青石板街的静谧、束河的安宁祥和、丽江少数民族阿婆脸上真挚的笑容，和宣科老先生身上闪烁的光辉，深深地温暖了我。而在虎跳峡两天半的徒步，也成为我最挥之不去的记忆 。

在哈巴雪山的山腰上，我们一路行进。一侧是悬崖，一侧是峭壁，身下是滚滚金沙江，对面是气魄圣洁的玉龙雪山。累了就原地歇会儿，天黑了就找间客栈。我们几经迷路，在村庄里被疯狗追，还遭遇了山体塌方，接连几次都咬着牙、小心翼翼地从碎石堆积而成的高高废墟上攀爬而过。我不敢往身旁的悬崖下望，否则单单恐惧就足以把我推入悬崖下汹涌的金沙江里。

然而同时，我又时时刻刻地感受着最真实、最雄壮的自然，竹林与瀑布，山崖与激流。原来在世界上，除了有柴米油盐的生活和大人物的事业，还有在原野争鸣的斑鸠。在雪山和湍流面前，我看到一个如同宇宙玩偶般微不足道的自己。平日生活里的愤怒与焦虑，在山水面前全部化作尘土。

云南之行让我深深眷恋上在路上的那些目不暇接的奇异风土，和与自然同在的美好情感，于是我开始省吃俭用，攒奖学金，只为能够再次背包上路。

2 我一无所有，不怕失去

还是学生的我，旅行资金成为一个重大花销，除了省吃俭用，还要考虑各种赚钱途径。

做家教最简单直接。我的第一份家教工作，是去一个墨西哥家庭给两个孩子补习数学和英语，并帮助女主人学习中文。这家人住在豪华公寓里，每周我不仅能拿到五六个小时的补习收入，还能享用墨西哥午餐和丰盛的下午茶点。另外，我还会在每个周末去一个华人基督徒姐姐家教钢琴。

我还倒卖书籍。每年新加坡国家图书馆都会把一些旧书以低价卖出，而我就趁机买了很多旧版的《孤独星球》旅行书，放到网上以更高的价格卖出。一次，一个曾在西藏旅居过三个月且周游列国的学长买走了一大批书，一下子填满了我的腰包。当他得知我靠卖书“坑”他的钱去旅行之后，我们意外地成了无话不谈的朋友。

我也曾在五星级的香格里拉酒店里做宴席服务员。大型婚宴有趣却也让我困惑，常常都是年过半百的富佬娶二十出头的漂亮姑娘。我还参加了兰博基尼在新加坡卖掉 100 辆车的大型庆典、新加坡国防部的年终庆典，和中国大使馆的中秋晚会。每次宴会，我们要从中午就开始准备，晚上收拾完残局回到家中已是凌晨 2 点，累得完全没有力气，倒在床上就呼呼大睡。我实在不喜欢这份工作，尤其不喜欢那种在众多有钱人中被呼来唤去，且被当作随便的姑娘被索要电话号码的感觉。可是我又觉得，如果年轻时什么苦都吃过，那么未来无论发生什么，便都会无所畏惧了！辞去这份兼职时，我跑去跟平日对我们很凶、出一点小错就要扣我们全部工资的趾高气扬的主管告别，信誓旦旦地对他说："终有一天我会'杀'回来的，不过是来被服务的！"

大学期间，从咨询公司到对冲基金，我做了四份实习。每个假期我都是先去实习，再拿着薪水去背包旅行。我也学会了利用空闲时间与计划假期，即使是学校的考试复习周，我也常常是在海外旅行中度过。

方向感极差的我，却也明白了迷路的意义。因为迷路，我塞翁失马般地走过了他人未曾走过的路，遇见了他人未曾遇见的风景。很多时候，我爱上一座城市，正是因为遇见了那些意料之外的美丽，即使上天予我方向感，我也不愿意拿去交换。

大学里我的积蓄大多交付给了旅行，我感激那时的自己没有太强的物欲，也暗自祈祷长大后的自己，不会让浮华腐蚀了心。我时常觉得，做个穷人也挺好。因为穷，我对周遭微小的美好更加敏感与感恩，如寒冬里陌生人递上的一碗热茶，街头可以避雨的一个小小角落，或者火车上一个有美丽风景可以观赏的靠窗硬座。而且，身上没值钱的东西时，便没有惧怕被偷抢的精神负担。因为一无所有，所以不怕失去。

就这样，大学毕业时，我完全凭自己打工和实习赚来的钱，用几乎"自虐"的穷游方式，走过了三十多个国家。世界本身，像我读过的另一所大学，而这一路上经历的那些人与事，教会我成长，拓宽了我生命的深度和广度。

chapter 03

旅居音乐之都

1 就让我遇见我的梦

从小就受古典音乐熏陶的我，常盼望有一天能来到奥地利维也纳金色大厅听一场音乐会。初中毕业时同学们互填毕业纪念册，每次遇到“最向往的城市”这一项，我都毫不犹疑地写上“维也纳”三个字。

我就读的大学提供很多去海外交换留学的项目。那时我对去巴黎的项目情有独钟，便开始学习法语，还宅在家中看了很多连法国人都没听说过的法国电影。

一天，坐校车回家，小时候去维也纳的心愿再次浮现在脑海中。为什么不去呢？是怕没有学长去过，没有经验可以借鉴，还是怕不是名校放在简历里不好看？还没来得及仔细斟酌，儿时的小小心愿就打败了一切。接下来的一年，我迎着周围的异样眼光，从法语课转战去了德语课。

“不瞒你说，去维也纳科技大学这个项目放了很多年都没人申请。它不是名校，还是全德语授课，你真的想好了？”项目申请的面试官皱紧了眉头。我却执拗地点了点头。面试官突然笑起来：“你这倒好，根本没人竞争。赶紧回去学德语吧！”

就这样，我踏入了向往已久的音乐之都维也纳，在这个陌生又亲切的城市，开始了一段崭新的生活。

我很快就爱上了维也纳，一座感性与理性并存的城市。它曾是中世纪欧洲最大的三座城市之一，曾是拥有辉煌历史的军事霸主，也曾吸引如贝多芬和李斯特等诸多音乐大师前来定居。如今，这里四处是启蒙时期与文艺复兴时期的建筑，大街小巷散发着音乐与艺术的气息。而维也纳人，也都绅士而友好，似乎人人都可以抓起一把小提琴来演奏一曲。

这里的生活节奏很慢。正午时分，学校旁总有年轻人在洒满阳光的草地上，聊天，露餐，或是懒洋洋地躺在草地上小憩。街角尽是精致的咖啡馆与甜品店，下午时分总是满座；行人们点一杯专属维也纳的咖啡Melange，然后看书，聊天，发呆，静静地打发一个下午的时光。

我在学校修了六门专业课，因为是德语授课，上课时完全像是在听天书。一门课的教授知道我德文差，格外照顾我，每次见我走进教室，他都会转身问大家："要不咱们用英语上课吧，也锻炼一下你们的英文！"即使用英文，这门课还是深奥得令我窒息，最终我不得不内疚地放弃，而我和这位教授却阴差阳错地成为谈天说地的好友。两年后，他因学术交流来到新加坡，我们再次见面，聊天叙旧，他还送给我一本自己出版的摄影作品书籍。

为了早日适应德语环境，我每晚去一所德语学校上课。每天下课后推开门，迎面就是夜幕下灯光闪烁的国家歌剧院，像做梦一般。我时常独自散步到高耸入云霄的史蒂芬大教堂，坐在路边发发呆，然后心满意足地回家。

音乐朝圣之旅

第一次手握三欧元的站票置身金色大厅，听到维也纳交响乐团奏响的第一个和弦时，我几乎热泪盈眶。为这一刻的到来，我盼了那么多年！身边站着很多同我一样买不起座票的人，不知来自何方，说怎样的语言，在音乐奏响的那一刻，都微笑起来。

很快我便成了金色大厅的常客，每逢有好的乐团到来，我都第一时间去买站票。有时大雪漫城，我一人踏雪而来，时常会在路上遇见几对上了年纪的老夫妇，互相搀扶着前往金色大厅。老先生绅士地擎伞，老妇人妆容精致，身着端庄的风衣，脚踩黑色高跟鞋。我心中微颤，不知是源于对他们珍守民族瑰宝的执着，还是源于他们一把年纪在冰雪寒冬中约会的温情。

一天，我听完音乐会刚走出金色大厅，一个华人女孩跑上前来问我："我有郎朗今晚在金色大厅钢琴独奏会的门票，你要不要？"我一惊，票不是早在几个月前就售光了吗？据说还有很多人专程从国外赶过来听。"多少钱？"我小心翼翼地问。"不要钱！我朋友来不了，你拿去吧！"女孩爽朗地笑起来，"其实郎朗是我师哥，我们同修一个老师呢！"

我的座席是设置在舞台上的，刚好可以看到郎朗的侧面，能近距离地欣赏郎朗激情洋溢的演奏，真是幸运无比。全场观众从第二首曲目开始就全体起立，肃立听完了全场，甚至还有一些人的脸上闪烁着泪光。在无休止的掌声之下，郎朗一次次下台，又一次次走上台，加奏了三首曲目。

我原本对歌剧无感，却也在听了一场《卡门》之后，迷上了这种艺术形式，于是也成为各个歌剧院的站票常客。我常常感慨自己的幸运，在亚洲，古典音乐会是富人的消遣，而在维也纳，音乐却不会因为你钱包扁扁对你敬而远之。

这座城市有很多来自各国的艺术生。很多西方的艺术生告诉我，音乐是他们自己的选择，是他们热爱并执着的事业。而很多来自中国的艺术生却坦诚地说，学习艺术与音乐只是他们的谋生手段，来这里只是为了镀金混文凭，回国时可以高价带学生。有时我真羡慕那些西方长大的孩子，他们拥有更多的自由去选择自己的人生，更加远离实用主义。

闲暇时，我还整理了一份 18 位音乐大师的出生地、故居、墓地和博物馆所在地的资料。周末与假期时，我便开始了在欧洲的音乐朝圣之旅。

在莫扎特的故乡萨尔茨堡，莫扎特俨然已成为各种酒吧和商品的商标。在肖邦的故国波兰，建筑风格中浸染着沧桑的社会主义历史，街头、广场、博物馆和商场，肖邦的音乐无处不在。在李斯特生活多年的德国文化古城魏玛，绿树成荫，安静祥和，四处散发着浓郁的文化气息。在德沃夏克的故乡布拉格，红瓦黄墙的哥特式建筑和艺术社区遍布大街小巷。而舒伯特和小施特劳斯的故乡维也纳，一直是我心底的至爱，无可取代。

3 盛夏绽放在欧洲

周游欧洲一直是我的心愿，终于趁在维也纳旅居的时候实现了。充满风情的水城威尼斯运河上作画的男孩，狂野的巴塞罗那城中高入云霄的高迪圣家族大教堂，法国枫丹白露宫中气势恢宏的拿破仑行宫，一幅幅画面永远封存于我的心底。

荷兰是我挚爱的国度之一，它包容性极强，英语普及率高，人们热情友善。在阿姆斯特丹，年轻人可以用十欧元买到世界上最好的三大音乐厅之一——阿姆斯特丹音乐厅的座票，政府以此来将古典文化发扬下去。凡·高博物馆更是触动了我的神经。再次看到凡·高离世前创作的作品中那色彩鲜亮的田野时，我的心都被揪起来了。他心中的色彩太鲜亮，如野草般疯长，似乎要冲出他的心、他的身躯。他的生命热情太茂盛，爱憎太分明，以至于这个混沌的世界，容不得他的存在。

还有一次难忘的经历。那日我在火车站里的自动售票机上买火车票，明知优惠票只适用于荷兰境内的学生，但昂贵的全价票和身上干瘪瘪的腰包让我邪念顿起，还是买了一张优惠票。我提心吊胆地坐在火车上，生怕有列车员来查，而“吸引力法则”终究生了效。

“学生证呢？”满脸胡茬儿的列车员大叔走到我面前。我小心翼翼地把维也纳的学生证递给他，等待审判。

大叔翻了翻学生证，皱紧眉头：“这个不行，优惠票只有荷兰的学生才适用……”

“啊……对不起，我不知道。补票行吗？”我撒了谎，窘迫地仰起头来问。我担心的根本不是补票问题，而是在这个规范严格的国家逃票会被罚款上百欧元。

犹疑之后，大叔微笑起来：“算了，不用补票了。我开一张临时学生证明给你，这样这几天你在荷兰境内买火车票就都能享受优惠了。”

我充满了自责，又惊喜万分地愣住了。

回到新加坡后，我在维也纳的西班牙好朋友写信告诉我，他们决定定居维也纳，在那里找工作。我不解地问：“不再找更好的城市发展吗？”他们回答说：“维也纳连续三年被评选为世界上最适合人类居住的城市。它那么美，有深厚的文化底蕴，生活舒适悠闲。我们已如此幸福，为何还要离开？”我顿时心存愧念，自己一味地奔向远方，却时常忘记为何出发。

每每想起在维也纳的旅居生活，我都心存感激，它带给我无法想象的艺术与爱的能量，伴随我至海角天涯。

chapter 04

肯尼亚的美丽情愁

趁着年轻，抓紧做梦

大学毕业之际，我手握投行的Offer，面对眼前清晰的道路，听着周围同学谈论职场、买房和结婚，突然有些恐慌。我以为自己是缺乏安全感、惧怕未知数的，可那一刻，我觉得太多的已知比未知更可怕。

一天，收到老叔来信，最近他正在送一批西藏山区的孩子徒步回家。

叔叔是我家跑出来的神人一枚，他颇有才华，绘画、篆刻、书法、写作，样样精通。从小他就是个乖孩子，顺父母的意愿读书、进国企，又转去北京打拼，在一家大型文化集团公司里任高管，年纪轻轻有车有房。一切顺理成章，毫无风浪。

一次他跟公司资产上亿的老总喝酒，酒醉后老总流下了眼泪："你知道吗？每天我早上来到办公室，家里保姆还睡着；每天下班回家，保姆都睡熟了。我挣那么多钱，却没有时间陪陪妻子；明明知道她外面有人，却无能为力。生活一直在推着我向前走，走得越来越快，快到我根本看不清方向。我无力挣扎，只觉得快要被在前方等候的黑洞吞噬了。”

叔叔突然惊醒，那么自己呢？他也从未为自己而活，而是一直被父母、学校和社会推着走，不知不觉地走进了一个被条条框框捆住的华丽箱子里。外人艳羡，自己心中却冰冷麻木，无力挣脱。用他自己的话说：“攒着攒着，窟窿等着。”那年他辞去了工作，把财产留给了家人，除了身上的T恤，什么都没有带走。

他先是在北京开始了文学艺术创作，加入了一个诗人与艺术家的“后小组”——别人往前冲，他们偏想往后退。后来他去了云南，在乡村扶贫两年。他还骑单车走遍中国8000公里海岸线，并用了一个月的时间，在零下二十多度的严冬，只身骑行“圈阅”了塔克拉玛干沙漠。他告诉我，那途中，怕的不是饥寒交迫，而是连续很多天见不到一个人影，没人能跟他说几句话。最近几年他在海南隐居，轮滑了海南岛一圈，又策划了海南第一届轮滑节。同时他还游走于海南的诸多山林之间，考察即将灭绝的物种，留下第一手资料。那段时间，他被选为北京奥运火炬手。

大学期间我曾去海南拜访他。他所谓的“清贫生活”在我看来简直就是穷困潦倒，家中简单得只有一个用来搞创作的破旧台式电脑，一个背包，几件衣服，一口锅，一双轮滑鞋和一辆尘泥满布的自行车。反正在他看来，“人真正需要的并不多”。他常带我在日落时分去海边，用便宜得惊人的价格，从刚出海归来的渔民手里买回各种海鲜，然后去偏僻的小饭馆里，让厨师把海味炒了，一盘不过才两块钱。

有时我也会好奇，自己那颗不安分、需要跳得更强烈的心是不是从叔叔那里继承来的，还是说他为我树立了一个未必要循规蹈矩、随波逐流的案例。“趁着年轻，抓紧做梦。”叔叔来信中的最后一句话让我有些触动。

我记起，我还有那么多梦。我有一个非洲梦，就像何勇歌里唱的那样：

我想去那遥远的非洲，看一看那里的天和树

亲耳听一听非洲的鼓声，还有那歌声的真实倾诉……

小鸟儿一叫我们就起床，树上的水果是最好的干粮

骑着那大象四处游荡，去寻找那故事中的宝藏……

我有一个公益梦。长久以来，我一直被罗素的那句话深深打动："三种单纯且强烈的感情支配着我的一生，那就是对于爱情的渴望、对于知识的追求，以及对于人类苦难的怜悯。"我渴望能在公益的道路上灭一灭"小我"，更加与世界和脚下的大地融为一体。

于是我像个意气风发的少年，渴望把一个个远在天边的梦想，逐一握在手里。不如趁年轻，趁一无所有，先圆了自己的非洲梦和公益梦吧！

于是我开始搜寻非洲的公益项目，恰巧在网上看到新西兰的义工组织 IVHQ（International Volunteer HQ，国际志愿者组织），他们提供世界各地的义工项目。就肯尼亚吧！那里有非洲草原动物大迁徙，英语普及率也较高。就这样，我开始寻找最便宜的机票，打疫苗。毕业后，我一路奔向肯尼亚。

2 Jambo

“Jambo！”就是斯瓦希里语里的“你好”，肯尼亚人都是这样打招呼的。第一天到内罗毕，是一家本地的非营利组织法堤利（fadhili）的员工来接待我们的。刚见面，他们就唱起了歌、跳起了舞，歌名是Jambo Bwana，是“先生你好”的意思。在这里，老人小孩都会唱这首歌，朗朗上口，其中还有一句《狮子王》里的经典台词，hakuna matata，就是“没有烦恼，无忧无虑”。

Jambo	你好
Jambo Bwana	先生你好
Habari gani	你好吗
Mzuri sana	我很好
Wageni， mwakaribishwa	远方的客人，欢迎你们
Kenya yetu hakuna matata	在我们肯尼亚，没有烦恼和忧愁
Kenya nchi nzuri	肯尼亚是个幸福的地方
Nchi ya maajabu	是个美丽的地方
Nchi ya kupendeza	是个和平的地方
Kenya yetu hakuna matata	在我们肯尼亚，没有烦恼和忧愁

“冬天来了，天气在转凉，希望大家带够了衣服……”法堤利的工作人员话音未落，我就小声地问坐在身旁的义工男孩：“冬天？现在不是6月吗？”男孩扑哧一声笑了：“你不会还不知道内罗毕在南半球吧？”

法堤利组织可以安排很多义工项目，可以去孤儿院，也可以去学校当老师，还可以去贫民窟发放食物。来之前我申请去一所学校教音乐，可刚到内罗毕，他们就通知我说那所学校的音乐老师几个月前离开，音乐课就从此被取消了。于是我临时决定，先去孤儿院做义工吧。

3 孤儿院里的阳光

我们和另外两名义工去的孤儿院叫作未来希望儿童中心（Future Hope Baby Center），在内罗毕的郊区。而我们就借宿在几公里外的本地人家里。

推开孤儿院大门，我就被一股阳光般的温暖包围了。我全然不觉得这是一所孤儿院，所有孩子都笑容灿烂地涌上来看，拽着我们的手把我们往院子里拖。

“Jambo！”又是那句好听的问候语。

被孩子们称作妈妈的，是个黑黑胖胖的女人，也是这所孤儿院的主人，她叫简。七年前，还是教师的她，正去探访本地一家孤儿院。那时一位男士匆匆忙忙地向孤儿院送来两个女孩，一个1岁半，一个4岁，然后转身就离开了。孤儿院院长叹了口气：“4岁的孩子还能养养看，这1岁半的孩子，真的是养不了啊。”于是院长就抱着1岁半的女孩向门外走，简跟了过去。走了很久，来到一所贫民窟，院长把女孩搁在一个空棚子下，转身就要走。简惊讶不已：“那这孩子怎么办？”院长无助地说：“我们也没办法啊，实在养不起了。贫民窟里人多，谁要捡走就捡走吧。”简望着空棚子底下哇哇大哭的女孩，一把抱起来，眼神中透露出一丝坚定：“我来养。”

那是简收养的第一个孤儿，取名叫希望，后来“未来希望儿童中心”这个名字，也是沿用了这两个字。自从简收养了希望，每逢街头邻居捡到被遗弃的孩子，就往简家里送。渐渐地，简连工作也辞掉了，全职照看这些孩子。几年的光景，收养了一个孤儿的简，逐渐地变成了 24 个孩子的妈。

很多年前，一个来自瑞典的女背包客来到这里，听说了简的故事，就帮她找到一栋大一些的房子，付了两个月的租金，也就是他们现在住的地方。这里逐渐被外界了解后，很多本地人和外国旅行者都过来做义工，也帮忙分担些租金和生活费。

小孩子被这一批批义工带大，英文都还不错。有几个孩子已满 6 岁，白天去上学，下午四五点钟回家，学费大多由来往的义工补贴。孤儿院里有五个女佣，两个负责洗衣做饭，两个负责照顾小孩，另外一个照顾五个最小的婴儿。院里最小的婴儿只有一个星期大，我们推门进去看他时，他还在吃奶。简要我抱抱，我碰了一下，没敢，觉得他娇小脆弱得会在我手中碎掉。

每天清晨，我们三个义工步行 40 分钟来到这里，然后分头工作：一人给婴儿换尿布，一人打扫卫生，我就负责给小孩子洗澡。小孩子格外听话，起床后就会光着屁股来排队，一个个站得笔直，跟小木偶似的，等待我给他们洗澡。我让他们低头就低头、抬头就抬头，喊“下一个”，前一个就乖乖地站到一旁，等另外一个女佣为他穿上衣服。很多小孩有痒痒肉，给他们搓澡时我就故意调戏一下，逗得他们嘎嘎笑个不停。因为供水不足，且水的价格不低，给二十多个小孩洗澡就只能用两缸水，一缸用来洗和打肥皂，另一缸用来冲掉身上的肥皂水。每次洗到第十几个小孩时，两只缸里的水都已变成乌黑色，我还要硬着头皮把水往小孩头上身上浇，继续打肥皂，再用乌黑的水冲掉。

洗完澡后我便去清洗奶瓶和锅碗瓢盆。二十多个孩子的餐具在水池子里堆得很高，足够我洗上一个钟头了。还好有一个笑容灿烂、打扮时尚的女佣总在一旁播放当地流行音乐，时常打起节拍扭动起臀部，因此我每天的洗碗生活并不枯燥。

午餐我会同两位女佣一起准备。从洗菜切菜，到下锅炒和煮，两个星期下来，我把做饭的工序搞得再清楚不过。这也是因为午餐只有两种，一种是把很少量的土豆和西红柿切成丁，用油炒，再跟一大锅米饭一起煮。一般吃进嘴里的99%都是米饭，能有一丁点土豆与西红柿都算是中了彩。另外一种是乌伽黎拌豆子。乌伽黎是肯尼亚主食的一种，用玉米粉掺水煮，煮好后四四方方如砖块，吃起来很厚实，但我总觉得没有任何味道。

中午时分，孩子们午休，我便会坐在一旁跟简和女佣们聊天。简英语不错，所以孩子们的故事也都是从她那里听来的。原来这里并不算孤儿院，因为有一些孩子是有父母的，只是父母将他们遗弃了。譬如那个6岁的叫作天使的女孩，人如其名，她有天使一般清澈美丽的面庞，倔强又独立。天使的妈妈在15岁时在街头遭强暴，生下了天使。那时出身贫寒的天使妈妈刚刚能够入学读书，实在无法为了养天使而辍学，于是不得不将她送来这间孤儿院。来到这里之后的前三年，天使妈妈从来没有来探望过，三年后第一次来探望时，天使怎么都不肯认这个妈。

还有那个长得很干净细致、笑声响亮且总也闲不住的男孩子宜安，他的妈妈是妓女。在他刚出生不久，他的妈妈就继续在大半夜里出门挣钱，因怕他一个人在家吵闹，就喂他安眠药和酒，好让他安静入睡。有一次宜安在家号啕大哭得快要断了气，邻居实在不能继续忍受，于是破门而入，抱着他去了简的孤儿院。

可是孩子们似乎并不知道这些令我们大人伤感的故事，他们丝毫没有悲伤的气质。他们有妈妈，还有一群来做义工的大哥哥大姐姐，可能只是不解为什么哥哥姐姐们一直在换。他们总是傻乎乎乐呵呵地大声叫着、笑着，比头顶那片阳光还要灿烂。

房间里热闹起来的时候，我们就知道孩子们午睡后起床了。下午的时光，我们教他们看书识字，也会跟他们在院子里嬉戏打闹。有时天气好，我们还会一起去家附近的草地上玩耍。

每天步行来孤儿院时，我们常会在路边买一些蔬菜水果，以及糖果饼干。孩子们见我们拎着大大小小的塑料袋进门时，总是特别兴奋，因为他们知道中午有水果吃、下午有糖发了。

内罗毕的 6 月是冬天，但因靠近赤道，每天下午的阳光总是特别灿烂。我最开心的时光，就是跟孩子们在院子里傻乎乎地跑来跑去，沐浴着阳光抱他们在我怀里转圈圈，直到转得他们头昏大喊“快停！快停”。我猜他们最开心的时光，是我每天下午给他们发糖和饼干的时候，或许，是每时每刻。

4 跳，还是不跳

第一个周末，法堤利组织的负责人库石带领分布在城市各处的十几名义工，一起去参观一所乡村学校。这所乡村学校坐落于离内罗毕一小时车程的地方，是一年前才建立的。学校设施简陋，只有两间土坯的教室和一片简单的草场。学生全部来自于周边的贫民窟，就读免费，且包括午餐，这就让贫民窟的家长十分乐意把孩子往这里送。这所学校的创建人是来自新西兰的丹尼，他三年前辞去在家乡做化妆品销售的工作，前来肯尼亚做义工。他原本只计划了一个月的行程，然而自从来到这里，就再也没有回过家。而今这所学校，已经是他建立起的第三所能让贫民窟儿童免费就读的学校了。“不觉得苦吗？不想家吗？”我问他。“苦，怎么不苦，又怎么能不想家？可是我在这里找到了生命的意义。”丹尼的眼神里透露出异常的坚定。也许周国平的话颇有几分道理：“上帝的真正宠儿不是那些得到上帝的额外恩赐的人，而是最大限度实现了人性的美好可能性的人。”

学校参观过后，我们来到城郊外的十四瀑布。之所以称之为十四瀑布，是因为这个瀑布群是由 14 个壮观的瀑布并排形成的。我们手挽手站在瀑布上游，横蹚这 14 个瀑布。中途水流特别汹涌，我们好几个人都滑入了水中，彻头彻尾地变成了落汤鸡。

蹚水快至尽头时，库石居然要领我们往瀑布下游跳。我心中盘算，这瀑布少说有七八米高，万一水下有巨石，跳下去绝对是粉身碎骨啊！库石看出了我的紧张："别怕，我们从小就这样跳，多少回了，要死早就死了！"话音未落，只听扑通一声，库石已经漂在水面上向我们招手了。

白种人果真体质不同，扑通扑通，几个西方男孩接二连三地跳了下去，在瀑布底端惊呼水凉得刺骨。这时几个西方女孩也着手做准备了。"天啊！你跳不跳？"同行的两个中国女孩焦虑地看着我。我也冒出一身冷汗，推托道："我的裤子是丝绸的，松松垮垮不方便。"

"我跟你换！"站在我身旁满头非洲辫的女孩指着自己的短裤爽朗地笑道。"我叫莱汐，来自新西兰，"她指着满头的非洲小辫说，"反正我也不能跳，昨天刚做了这头辫子，三天不能见水。"我仔细打量着她的非洲小辫，三股编，白黑两色交织，齐腰，至少有 100 根，完全就是本地女人的发型。刚到肯尼亚时，肯尼亚女人的发型时常成为我好奇的对象，她们有的剃秃不留头发，有的留着细细卷卷的小板寸，整个脑袋看起来毛茸茸的，更多女性梳一整头的非洲小辫，然后把辫子梳成任意造型。

"这发型真酷！怎么来的？"我兴奋地问莱汐。她诡异地笑起来："跳完瀑布我再告诉你！"跳就跳，别以为亚洲女孩胆子小！我换上莱汐的裤子，探头望望瀑布的高度，心里可真有些打退堂鼓。莱汐继续煽风点火，我只好一手捏住鼻子，一手捂住裤腰，小跑两步，紧闭上眼，纵身一跳。在空中的时间可真漫长，扎入水中深处之后，我总算挣扎着浮出了水面。"水果真凉得刺骨，不过水中没有大石块！"我兴奋地告诉自己。莱汐和两个中国女孩在瀑布顶端为我鼓掌，我默默地想，回家后可以尝试十米跳台了。

回内罗毕的路上，我跟莱汐聊了一路。莱汐 27 岁，南非出生，新西兰长大，是新西兰国家电视台新闻节目的主持人。因为新西兰的电视频道不多，有时她在大街上走都会被人认出来。几个月前，莱汐辞去工作开始环游世界。第一站来到非洲寻根，在非洲南部待了几个月，两周前来到肯尼亚做义工。她还抑制不住兴奋之情地告诉我，她即将去爬乞力马扎罗山，为此已经准备很久了。

莱汐满头的小辫子再次吸引了我。她告诉我，她的辫子是寄宿家庭里的女孩巧伊编的。巧伊在本地中学教书，工作之余在家给女孩子编辫子，好有些额外的收入。莱汐说编这头辫子整整用了五个钟头，只要20美金。她并不担心洗澡的问题，因为她即将去马赛部落教书，没有电也没有水。辫子，马赛部落，这可真让我心动。

5 难民营里的医疗营

又是一个周末，我跟随法堤利组织的库石一起，来到一个难民营里的医疗营帮忙。

说起这个难民营的由来，那真是说来话长了。在 2007 年底的肯尼亚总统选举中，齐贝吉获胜连任。以奥廷加为首的反对

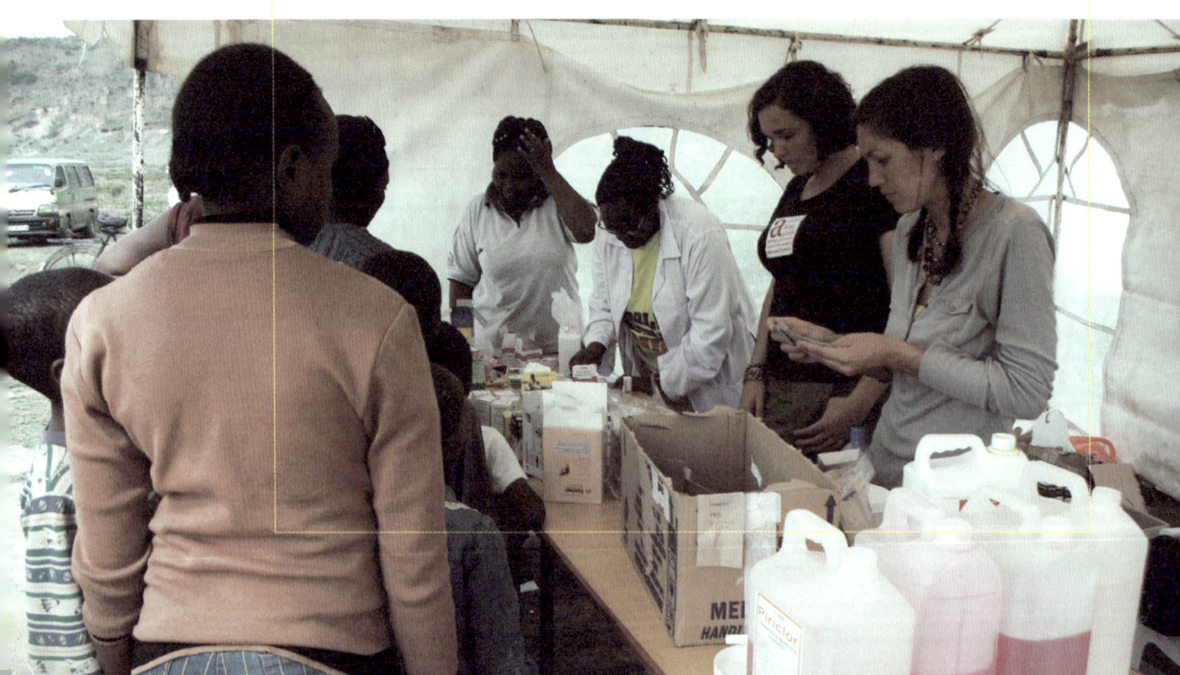

党认为计票过程中有舞弊现象，拒绝接受选举结果，并在国内各大城市发起了暴动，主要针对齐贝吉所在的种族基库尤人。基库尤人是肯尼亚人口数目最多的民族，那时很多人的家园被纵火烧成灰烬，几百人在这场暴动中丧生，二十多万人流离失所。暴动过后，一批家园被烧毁的基库尤人迁到了内罗毕城外100公里处山脚下空旷的大草地上，在那里用帆布、纸板和木条搭起了帐篷，成为现在的难民营。现在营中住着老老少少三百多人，大多数人都没有工作和收入。有些妇女会做一些手工编织，然后拿去镇上卖。

法堤利组织对于筹划和组织医疗营已是非常熟悉。每个义工自发捐了些资金，用来购置常用药品，然后再一起去周边镇子上的医院里，请专业的医生和护士，请求他们加入义工团队。在难民营里，我们先找到一片空地，用帆布搭建起几个棚子，放置好桌椅，再把不同的棚子设置为不同的用途，挂起牌子，各就各位。

我被派来看小病和发放常用药品的基地棚。所谓的小病，就是头疼、感冒、咳嗽和拉肚子。因为我们只请来了一位医生和一位护士，于是我们一些义工就只能临时充当医生。很快，百姓便在桌前排起了长队。有的捂着肚子走到我面前说他拉肚子很多天了，我就把治疗腹泻的药品递给他。有的人咳嗽，我就把止咳糖浆递给他。有些人牙痛头痛，我就开些止疼片。有些极其瘦弱的小孩，无大病但一眼便知营养不良，我就会送些维生素片。还有的人走到桌子跟前，指着脖子上长出的大瘤子喊疼，还发烧，泻肚子，我就只能叹口气，告诉他：“你这病我看不了，去旁边那个棚子吧，那儿有真正的医生和护士。”

一连看了三个多小时的病，我心中却有种不可言喻的压抑，我不确定究竟是在帮他们还是害他们。我这个冒牌医生，连病人的病因与病源都弄不清楚，完全依靠病情表象与生活常识开药，说不定还会使他们病情加重。可那又有什么办法呢？这群身无分文的人们，病死在帐篷里都不会有人送他们去医院，就算进了医院，他们也没有钱治疗。倘若让那两个真正的医生和护士看病，这上百个病人几天也看不完。

再次见到莱汐时，她正在卫生常识棚为百姓普及卫生知识，并向他们发放牙刷、牙膏和肥皂。长期在难民营的百姓完全没有刷牙、洗手的习惯；水，足够用来喝就不错了。莱汐不愧曾是新闻记者和女主播，在百姓面前普及卫生常识的演讲格外精彩。她手握牙刷牙膏，认真地教大家如何刷牙：从上颌牙开始刷起，然后是下颌牙，再是后面的牙齿，最后是门牙。

还有一个棚子用来普及女性卫生常识，主要是避孕常识和卫生巾的使用。难民营里的小孩多如牛毛，漫山遍野地跑，因为这里的女孩十四五岁还没有结婚就怀孕了。我们的工作，就是向她们讲解基本的生理周期和安全期，还有就是发放避孕套，教她们保护好自己。在这过程中，最困难的还是克服她们关于性的害羞心理。这儿的女孩无法接受使用卫生棒，曾有一批义工前来发放了一批卫生棒，结果无人使用，全部浪费掉了。这次我们特地买了卫生巾，教给她们使用方法，再发给每个人。

靠角落的棚子里，大家正排起队接受艾滋病的测试。日本政府为帮助肯尼亚解决艾滋病率高的问题，免费发放了大批量的艾滋病试纸。这种试纸使用起来非常方便，只需要将血液样本滴入试剂盒中，等待十分钟，若是检测线上未呈现红色线条，检测结果即为阴性；若呈现红色线条，即为阳性，也就是携带了艾滋病毒。一般正确率达 99%。倘若检测结果为阳性，半小时后我们还会用另外一种试纸再次检测。两次都是阳性的话，艾滋病毒就被确诊了。

一整天下来，两百多名被检测人中，有十人被确诊为艾滋病携带者，他们的姓名是不允许被公开的。库石告诉我们，其实数目远远比这个多，之前被确诊为艾滋病携带者的人一般不会再次来接受检测，因为艾滋病无法被治愈，再次检验也是相同结果。真不知这些刚刚被生命判刑的人，将会以怎样的方式继续面对生活。

太阳落山时，医疗营里的难民大多已回家，小孩子们仍在周围上蹿下跳。我们清点整顿好了剩余药品之后，又筹划起下一个医疗营——垃圾贫民窟的医疗营。

6 阳光下的地狱

垃圾贫民窟，是一个让我眼鼻与灵魂同时窒息了的地方。

清晨5点，所有义工爬起来，为垃圾贫民窟的百姓准备黄油和玉米粉。我们把大包黄油切割成小块，分装成小袋，又分装了几个大麻袋里的玉米粉。一切就绪后，我们便出发了。

垃圾贫民窟在内罗毕西北部的纳库鲁地区。远远地，我们就望见一座巨型的垃圾山。蜿蜒开车进入时，车窗外的垃圾气味混杂着腐蚀的恶臭，让经常出入的法堤利工作人员库石都捂上了鼻子。一个义工尖叫着要求把车窗摇上来。“到了。”司机镇定地转头说。我们几个义工看着车窗外一望无际的垃圾堆和不远处的几只撕咬着动物死尸的秃鹫，真的要下车吗？我心里直打鼓，转头看向其他义工，他们脸上露出如出一辙的犹豫。

垃圾山上没有路，或者说只有用垃圾堆砌而成的路。我们踏在脏不忍睹的垃圾上，几次迈过老鼠的死尸，终于在一块平地上停了下来。远处是一排铁皮和硬纸搭建起来的屋子，一些居民好奇地围上来，却又充满畏惧地同我们保持着距离。我的大脑不停地搜索着一个答案，为什么有人愿意在这种地方生活？

这时一个胖胖的小伙子一路小跑而来:“大家好，我是若思，来自北爱尔兰。旅途还顺利吧?”他一脸灿烂笑容融化了我们的沉重心情。看到大家神情紧张，想捂住鼻子却又怕不礼貌的尴尬样子，他小声说:“没事，第一次来都这样，我第一次来这里时都快吐了。你们先适应下，然后我带你们转转。”

在若思的介绍下，我们开始对这里有了些了解。很多年前，这个贫民窟并不存在，这里只有一小片垃圾场。渐渐地，从内罗毕和周边城市往这里运输的垃圾越来越多，一些靠捡垃圾为生的人便开始在这里定居。这些年来，垃圾场越来越大，定居的人也越来越多。他们还用垃圾堆里捡来的木条和硬纸壳搭建起了简易房屋。现在这里住了一百多户人家，一共有五百多个居民。这里没有清洁的水源，到处都是传染病。

“那他们靠什么生存啊?”我们皱起了眉头。“很简单，靠捡垃圾。在这里95%以上的居民都是没有工作的。衣、食、住全部都靠这座垃圾山。对他们来说，这些垃圾可都是宝贝啊!”

正说着，远处的巨型垃圾车轰隆驶来。还没等垃圾车停稳，周围的居民便一哄而上，在倾泻而出的垃圾瀑布中快速专注地翻拣。我们在一旁看得目瞪口呆，若思不紧不慢地解释道:“这是内罗毕开来的垃圾车，这些居民在寻找过期的食物，甚至是腐烂的食物，还有破旧不堪的衣服，这就解决了他们的温饱问题。要是能拣到塑料瓶和铁皮，他们还能拿出去卖。不过……一公斤塑料瓶也就卖十美分。”

我觉得自己的气息都要停滞了。

“在肯尼亚，没有什么不可能。这儿的孩子很少去上学，没有任何生存技能。在这里的女孩眼里，性是唯一的挣钱方式，于是艾滋病就在垃圾贫民窟里散播开来了。”

若思又说:“肯尼亚政府是免费发放艾滋病药品的。不过单吃药不行，一定要配合正常的食物吃。前些天有位患了艾滋病的大姐去世了，其实她早就拿到了政府发放的艾滋病药品，可是找不到正常未腐烂的食物配合着吃，最后还是走了。”

若思叹了口气："这里还有一个非法的地下酿酒厂，酿酒成本特别低，酿出来的酒比清洁水还便宜。但是酒的成分有严重问题，多喝一点就会生病，再严重就会死。这里很多人每天都喝得醉醺醺的，也有很多人因喝太多而去世。他们明明知道这酒有问题，却仍然这样做，我也不解他们为什么会这样。曾经有一个老汉回答我说，对他而言生活已没有任何意义，还不如就这样迷醉下去，等待死神的到来。"若思的语气越发沉重，"还有，我想你们都知道吧，在肯尼亚毒品很便宜，树林里、山上、山下，到处都可以种。"

若思看着大家一副痛苦沉重的样子，突然笑了："别纠结了，这些事情，靠想是想不明白的。

先别说这些了，我带你们四处看看吧！大部分居民都是很友善的，可以去一些人家里坐坐。”于是若思带领我们参观了两个家庭，一个是这里少有的活过 50 岁的老人，还有一个是给孩子喂奶的妇人家。

在我的追问下，若思吐露了他自己的故事。他只有 20 岁，念大学二年级。一年前他来到肯尼亚，做了两个月的义工。那时一位朋友带他来参观垃圾贫民窟，让他触目惊心、念念不忘。今年初，若思回到肯尼亚，和一个朋友募集资金在垃圾贫民窟附近建了学校，让这里的孩子去上学。老师包括很多国际义工。在若思看来，脱贫还是要从儿童的教育入手。另外，他们还教授这里的妇女以垃圾堆里捡来的塑料绳为原材料，编织成时尚的手工包。他们建了个购物网站，把这些手工包卖去美国，平均每个 50 美金，已销售出了很多。果然，不远处几个妇女正围成一圈坐在地上，专注地忙着手中五颜六色的编织活。我越发对眼前这个大男孩生出几分敬意，他年纪轻轻，却成熟稳重，还发起了这些公益项目。

若思大声喊叫起来，让全村人都聚集到我们车前，排队领取我们清早准备好的黄油和玉米粉，每人分得一小袋黄油，另加一小袋玉米粉。这时若思高举起大盒的饼干，大声让小朋友们过来排队。那些小孩显然已跟他混得很熟，肆无忌惮地往他身上扑，还要去摸他脸上的胡茬儿。“别吵别吵，排好队！”若思让他们挨个上前领取饼干，每个小孩分得两片饼干，有的成年人也想趁机讨几片饼干，若思就挥挥手，礼貌地挡他们回去。

“嘿，要不要过来听他们唱歌？”分完黄油和玉米粉，若思转头问我们。垃圾场里很快就响起了歌声，大多是妇女与孩子们，他们用斯瓦希里语唱起民歌，拉着手跳舞。也有很多妇女笑呵呵走上前来拉我们一起跳舞。音乐停下来的时候，从美国来做义工的溯合夫妇和他们的三个孩子，迅速埋头商量了一下，立即开始了他们的家庭演出。他们拍着手又唱又跳地演出了一首美国民歌，周围的居民被他们的情绪感染，四处是欢声笑语与舞蹈。

溯合一家是令我敬重的。夫妻结婚十余年，每年都出门旅行，今年带着三个孩子一起来肯尼亚做义工。家里最小的女孩只有6岁，今早她跟大家一起，5点钟准时起床准备黄油和玉米粉。她那一本正经、认真专注的样子实在是可爱极了。爸爸溯合总是挂着和善的笑容，每次见到鼻涕哈喇子满身的本地小孩子，他都会亲密地把他们抱在怀里，还会背着他们漫山遍野地跑。溯合妻子常会鼓励家中三个小孩去跟本地的孩子们玩耍，让他们和其他孩子打成一片。

不远处几只高大的秃鹫依然在撕咬着狗的尸体，被掏出来的内脏四散在垃圾堆上。几只巨大的乌鸦在高处嘶叫着，垃圾堆的恶臭依然弥漫在空气中，只是不如刚来的时候强烈了。若思同我们一起回到小镇上，一整晚都在为第二天垃圾贫民窟的医疗营做准备。

7 朴素的歌颂者

在弥漫着腐尸和垃圾气味、细菌病毒蔓延的垃圾场上建医疗营，这听起来并不是好主意。于是我们决定借用两公里外的教堂，将医疗营设在那里。受早期英国殖民统治的影响，肯尼亚50%以上的人口都信奉天主教和基督新教，每逢周末都会去教堂做礼拜。几天前我们就把布质横幅挂在了教堂门口——本周日9:00am—3:30pm免费医疗，欢迎所有人。我们还在垃圾贫民窟做了很多宣传。

不出所料，当天来了三百多人，把教堂前的院子堵得水泄不通。跟难民营医疗营相似，我们将教堂里所有房屋设置成不同用途，有的用来看常见病，有的用来普及基本卫生常识，有的用来做艾滋病检测，有的用来普及性知识。

这次我在艾滋病检测室里工作，搭档是来自澳大利亚的曼笛阿姨，她负责用试纸检验艾滋病，我负责记录。曼笛阿姨是个医生，两周前来到内罗毕的一家医院做义工。她还是接生婆，上周接生了两个小婴儿。

“你看。”曼笛阿姨把她的相机递给我，一个女人的腰间长出一坨巨大的既像肠子又像人脑的瘤状物。“天啊，真恶心！这是什么？”我看了一眼胃里就翻腾起来，赶紧把相机递了回去。“这是瘢痕疙瘩，是损伤的皮肤病变后形成的肉疙瘩。我当医生这么多年，从来没见过这么大的瘢痕疙瘩！可在内罗毕，这已经是我见过的第二例了，另一个人的瘢痕疙瘩长在脖子上，不比这个小。”正说着，她就翻出相机里的另一些照片给我看，我不由得皱紧了眉头。“这里的医院都治不了这病，我在想方设法把这两个人带回澳大利亚治疗呢。”

“带回澳大利亚？”我有些怀疑。

“是啊，肯定很困难，不过让我试试看吧！”她继续说道，“我还想赞助一个本地医生去澳大利亚深造，他是我在医院里的同事。小伙子还很年轻，别浪费了他的潜力。”

曼笛阿姨有多年临床手术经验，用刺针从手指上抽取血样本自然不是问题。我在一旁倒很是忐忑，即使她戴着塑胶手套，若是不小心划伤自己的手，再接触到艾滋病人的血液，岂不是……真是越想越可怕。曼笛阿姨得知了我的顾虑，轻松地说：“我走的都是正规程序，不会有任何问题的。”每次验完血，她都会小心翼翼地将抽取血样本的一次性刺针装入一只大玻璃瓶里。“不过……上周末我在另外一个医疗营做义工，同样是检验艾滋病，那些本地医生却毫无顾忌地将用过的针头遍地扔，这可真让我捏了一把汗！”曼笛阿姨皱了一下眉头。

我的职责很简单，是记录被检测者的个人信息。每次有被检验者走进屋，我就会询问：“你叫什么？多大了？什么工作？结婚了吗？有孩子吗？上次检测艾滋病是什么时候？阳性还是阴性？”然后我再一一记录下来。有一次，一个年轻女孩走进屋，怀抱一个几个月大的婴儿，面无表情地一一作答：“15岁，还在上学，未婚，一个孩子。上次检验是一年前，阳性。”阳性还来检测？艾滋病又不能被治愈。这么年轻，没结婚，还把孩子生下来，不知道这孩子很可能会有艾滋病吗？我心中郁结了种种情绪，不知是不是因为在肯尼亚如此这般的故事太多，人们早就习以为常，对生活麻木了。

每次曼笛阿姨取好血样本后，就让被检验人在屋外静候十分钟，等检验结果出来后再进来取结果。他们在门外等候时，面部表情总会很冷峻，被叫入房间时也会埋着头，我和曼笛阿姨好像掌握他们生杀大权的生命之神一般。当被通知结果为阴性时，他们便会扬起头，轻松地微笑起来，而我们也长舒一口气。我们绝对不允许两位被检验人同时在屋里，即使是义工也不能随便进来，这就保证了检验结果不会被公开，只有本人知道。

一整天的艾滋病检测过后，我走到教堂前的院子里，深吸一口气，望向头顶碧蓝的天空，怎么感觉这几天过得如此沉重呢？长期在这里做义工的人，得需要多么强大的内心呀。

很多天后，曼笛阿姨约我去蒙巴萨的海边过周末。回来的那天晚上，她无意间透露了自己不寻常的经历。

曼笛阿姨曾经是农场主，有一大片农场。我问她跟邻居是否亲近时，她笑笑说："我没有邻居啊，从我家开车十多分钟，无论是往东南西北哪个方向，都还是我的农场。"她养过马，养过羊驼，还养过驼马。她曾经从南美运来了上千只驼马，时逢澳大利亚驼马的价钱被炒得很高，于是她伺机大赚了一笔。在那之后她还建起了葡萄园，自酿葡萄酒，还开了多家连锁超市，成为澳大利亚资产最多的人之一。

然而在 40 岁那年，曼笛阿姨突然生了一场大病，连心脏都被换成猪的心脏和机械起搏装置了。她还敞开衣服，要我去摸摸她的胸口，我惊得目瞪口呆，没敢。她大笑着说："这心脏好用着呢，十多年了从没换过。"正是因为这场大病，她决定开始自学医术，几年过后成为澳大利亚有名的临床手术医生，很多大城市的医院都会出机票请她前去做大手术。

我突然想起，这些天在蒙巴萨海边，她因体谅我资金紧张，一直和我住在五美金一晚、除了两张床什么都没有的简陋木屋里，却丝毫未提自己的身世，也毫无抱怨。那一刻，我对她生出了更多敬意。

明日又隔天涯

最初决定来肯尼亚时，我也计划着去非洲大草原上看动物大迁徙和马赛部落人生饮牛血。然而驱车在大草原上驰骋，与马赛部落人一起露营，看起来潇洒自由的生活，是以大把的钞票做基础的！最便宜的旅行社也要一天100美金，往返至少四天。

我正因实现不了去非洲大草原的心愿而难过时，莱汐问我要不要结伴去马赛部落教书。马赛部落于我一直很神秘，我只在电视里见过。那是个生活在非洲大草原上、身披红橙色斗篷、生饮牛血的原始游牧民族。可是那里没水没电，我又不会讲马赛语。生活两周，行吗？不如就豁出去了，反正孤儿院的两周义工也将结束。要是能去马赛部落教书，就能看到真正的非洲大草原了。

一想到今天是在孤儿院的最后一天，就让我有些伤感。

我特地绕道去了一间大一些的超市，买了奶粉、饼干、各种干粮和糖果，差不多够孩子们用两个星期的了。然后我又去了菜市场，买了很多蔬菜和水果，想给他们改善一下伙食，也不能总是土豆和西红柿啊。

到孤儿院里，如往常一样，我给孩子们洗澡，刷碗，洗奶瓶，洗菜，切菜，做饭，照顾他们吃饭，哄他们午休。下午起床后跟他们在院子里玩耍，还拍了些照片，我这才意识到这些天从来都没拍过照。天使还是有很多小心思，发饼干时会偷偷藏起领到的饼干，然后重新排队再去领。宜安继续着他的调皮与坏笑，一次次地抢我手中的相机要拿去拍照。

我上楼去找简，向她告别。简紧握我的手，半晌没说话。“你知道我会回来的。”我轻声安慰她。简叹了口气：“每个人走的时候都这样说，可几乎所有人，我都再也没见过。”我默默地想，走过那么多城市，遇见那么多人，告别时常常都是这句话——等着我，我会回来的。我是真诚的啊，怎么后来就变成欺骗了呢？

跟孩子们告别的时候倒是轻松了很多，大家笑着，打闹着。“一帆，中国在哪儿？新加坡在哪儿啊？我也能去玩吗？”他们还不懂得别离的意思，况且也见惯了义工的来来往往，过几天也就淡忘了。

回家的那一路，显得格外漫长。

9 非洲姑娘进马赛

去马赛部落前，我来到莱汐的寄宿家庭，让巧伊给我编非洲辫子。五个半小时，我眼睁睁地看着镜子里自己的黑色长发变成了满头数不清的辫子，用手一摸，整个头厚了一层。我仔细地端详着自己的样子，像个陌生的嬉皮女孩。“我喜欢！哈哈！”我大声地笑着给了巧伊一个拥抱。莱汐看到我满头的辫子，也喜欢得不得了，她搂住我的肩膀：“非洲妞儿，你现在的样子才配跟我进马赛。”

开往马赛村庄的路极其颠簸。大草原上根本就没有路，连向来胆大的莱汐都有些担心我们的车会不会翻。车上还有两个前往另一个马赛村庄的义工女孩，她们已经开始晕车了。车窗外太阳快要降落至地平线了。辽远的天空，团团如火般燃烧的云霞笼罩着大草原上稀稀疏疏的金色合欢树。我和莱汐对视了一眼，笑了。那一刻，我们都知道了来马赛的意义。

夜幕降临之后，前方漆黑一片，只有我们车灯照亮的十几米的路，几乎没有任何过往车辆。我们继续沉默着，在彼此的眼神中看得出焦虑和恐慌。过了一会儿，那两个女孩到达了目的地，而我和莱汐继续在漆黑中颠簸。

终于，不远处的星星灯火和欢呼的人群让我们知道，到马赛了。我看了一眼手机，也不过才 8 点半，夜晚漆黑得让我误以为是凌晨 2 点。来自寄宿家庭的几个人手中的油灯昏暗得可怜，我们还来不及看清楚他们的模样，就被领进了屋。

屋子是用铁皮和木板搭建起来的，不高。一大家子人围坐在置放着油灯的矮桌周围，少说也有七八人。还有一个梳麻花辫看起来很友善的白人女孩，她掩饰不住兴奋，分别给了我和莱汐一个热情的拥抱："我是柯拉，等你们好久了！"她笑得真甜，有些人真是看第一眼就能让人喜欢上的。

屋子里一下子热闹了起来。寄宿家庭的人轮流自我介绍，塞勒是二儿子，旁边是老三，然后是阿妈，大女儿，小女儿西玛，大女儿的女儿……我只记住了二儿子塞勒的名字，他是所有男人中长得最好看的。另外还记住了西玛，她面庞生得清秀，说话时娇滴滴的样子十分可爱。

"你家人可真多啊！"我不禁感叹了一句。柯拉扑哧一声笑了："这还算多？真怕说出来吓到你，其实大部分人都已经睡了。阿爸有两个老婆，这是马赛人的传统。你见到的都是大阿妈家的儿女，她有八个孩子，二妈住隔壁，她有六个孩子。再加上第三代的孙子孙女还有几个表亲，我们家里住了三十多口人呢！"我和莱汐十分惊讶，这么多人可怎么认啊。柯拉赶忙说："别担心！我都来了一个月了，还没搞清谁是谁。"一家人都被她逗乐了。

这时塞勒端着两杯奶茶走了进来："你们一定渴了吧？这奶茶是用家里的牛挤出的鲜奶做的，快尝尝。"我夸他英语可真好，他羞涩又骄傲地告诉我们，他是家里受教育程度最高的。奶茶味道十分浓郁，也特别甜。

"快来，给你们个惊喜！"塞勒突然兴奋起来，要带我和莱汐出门。我连忙从包里摸出了手电，一路跟了出去。走了几步，塞勒突然停下来仰头望向天空。"天啊！"我禁不住叫出了声，打破了四周的寂静。我真不知该怎样形容那样一幅画面，只知道这辈子我都没有见过那么多繁星，是那样清澈地闪耀着，如钻石般一颗颗镶在夜空中。我的心在刹那间静止下来，所有的语言、情绪和思考都不再运转。那一刻自己似乎同这片天空紧密地相连，内心充满了感恩。

向家人道了晚安过后，柯拉带着我们去卧室里安顿下来。我跟莱汐一间屋，住在大阿妈家里；柯拉在隔壁，跟二妈的小女儿一间屋。我扫了一眼卧室，铁皮搭的屋子，没有窗，但并不妨碍冷风呼呼地从墙壁缝隙里往里灌。除了床，唯一的家具是一张快要坍塌的木桌，地上尘土飞扬，都不知道该把行李往哪里搁。两张被冷风吹得嘎吱作响的木板床上，乌漆漆的被褥不知多久没有被清洗过了。

“精彩生活就要开始了！”莱汐笑眯眯地拍拍我的肩膀。我深呼一口气，也轻松地笑了起来。正是莱汐那无论何时何地都散发出的阳光与乐观，让我愿意一直黏着她。

开始支教生活

平日里十个闹钟都吵不醒的我，今天居然被屋外牛群的哞哞声吵醒了。揉了揉惺忪的睡眼，看了看表，不到5点。多少年没有5点前起过床了。推开门，迎接我的是一大片牛群："天啊，哪儿来这么多牛？"正在一旁刷牙的柯拉满口泡沫地咧开嘴："昨晚天太黑，你没看到而已。"

这时大阿妈从厨房里走了出来，柯拉赶忙漱口，迎上前去躬下身。"苏帕！"阿妈轻轻地拍了下柯拉的头，柯拉回一句："依帕！"柯拉解释说在马赛，遇见长辈时都要躬身等候长辈说"苏帕"，我们回应"依帕"，都是"你好"的意思。阿妈不懂英语，但似乎也明白柯拉在说什么，在一旁微笑。我连忙跨上前一步，躬了身："苏帕！""依帕！"大家都开心地笑了。

阿妈身着马赛传统服饰。红色和橙色相间的格子大斗篷，脖子上戴着一个彩珠镶成的大项圈。她的耳洞很大，耳垂长得快要到肩头了，并戴着红、橙、蓝色彩珠镶成的很多串耳环。我暗自欣喜，终于见到真正的马赛人了。

早餐是两片面包，西玛小丫头把面包递给我的时候，上面停着三只苍蝇："吃吧！"我下意识地皱了一下眉头，一下子意识到这很不礼貌，于是赶紧微笑说："谢谢西玛，昨晚睡得好吗？""好，你呢？"西玛带我走进客厅。不知怎的，昨晚大家围坐着聊天的客厅，今天空中飞的、桌上停留的、视线所及的角落，甚至是我脸上、

身上、盘子里，到处都是苍蝇，成千上万。“哪儿来这么多苍蝇，昨晚它们不在啊？”西玛淡定地指指头上的房梁，说：“晚上它们都趴在那里休息了，白天才出来。”西玛12岁，是大阿妈最小的孩子，因为跟一批批义工混得很熟，她的英语还不错。她现在上六年级，正是我们要去教书的那个学校，也是这个村庄里唯一的学校。

西玛把一个满脸苍蝇的小男孩领了出来，向我介绍说他叫粑粑。我一下子就笑喷了，告诉她“粑粑”在中文里面是屎的意思。西玛也笑了，粑粑站在一旁，一脸严肃，怔怔地看着我们。粑粑今年两岁半，是大阿妈二女儿的儿子。他还有一个双胞胎哥哥，跟大阿妈的二女儿一起住在周边的镇上。粑粑眼睛很大，看起来愣愣的。苍蝇都布满他的眼睛、鼻孔和嘴巴了，他也不知道用手驱赶一下。“粑粑，跳舞！”西玛大声向粑粑下指令，粑粑还真就极有节奏感地扭动起他的小屁股，似乎真的有音乐在演奏一样。非洲人天生乐感好，看来这真不只是传说，我一下子就喜欢上呆呆的粑粑了。

早餐过后，柯拉带着我和莱汐步行去村里的学校。昨夜那么冷，没想到太阳出来的时候气温骤升，身上被晒得暖洋洋的。我们在草木稀疏的大草原上徒步了很久，一路上完全见不到房屋和人影。我不解所谓的村庄和部落究竟在哪里，学校的孩子的又是从哪里来的。柯拉解释说这个村庄有几十户人家，不过家家户户都离得很远，零散地分布在这一片草原上，很多孩子走路上学要一个多钟头。我这才知道，原来我们的寄宿家庭是这个村庄里最富裕的，家有一百多头牛、五六十只羊，这在普通的家庭是完全不可能的。在这里，没有足够多牛的人家娶不到媳妇。

我仔细端详起面前的麻花辫柯拉。她看起来肉肉的，真诚爽朗毫不做作，成熟且体贴，调皮起来却像个孩子。柯拉告诉我，两天后她就要20岁了，塞勒会带全家去大峡谷，杀一只羊来庆祝她的生日，这让她非常期待。柯拉在美国加州长大，刚刚高中毕业。念高中时的课余时间她一直在比萨饼店打工，一个月前刚刚攒足了钱，买了张机票就来到了马赛部落。她从小就喜欢研究马赛文化，向往马赛很久了。到马赛之后，她很努力地学习马赛语，现在已经可以同本地人进行基本对话了。关于未来，她想去念大学，学儿童教育和心理学，希望教会孩子们如何去无私无我地爱，让这个世界变得更美好。

“是不是听起来有点傻？”柯拉认真地看着我。“不傻不傻，一点都不傻，真的！”我看着柯拉的眼睛，“柯拉，你真可爱！”柯拉笑起来，我和莱汐也笑起来，三个来自不同大洲的女孩肆无忌惮的笑声，点亮了荒芜大草原上的清晨。

柯拉指着不远处的几间铁皮房子：“到了。”这所学校有八个年级、108个学生，全部来自这座村庄。学校里有六位老师，两位是政府从镇上派来的，另外四位是村庄里自己的老师。村庄里老师的收入，远低于政府老师的收入。学校里的学生，从六岁到二十多岁都有。因为这里大多数人都没有受过教育，学校成立后才开始上学，那时他们就已经十八九岁了。

柯拉是高年级英文课的老师。因为高年级学生的英文较好，交流起来更顺畅。而我和莱汐负责高年级的数学课和图书馆阅读课，还要负责给请假的老师代课。图书馆是一年前由国际义工建成的，很简陋，书不少但很多书都被蹂躏得不成样子。柯拉说她最近在教育学生保护书籍，毕竟是捐赠来的，来之不易，虽然她并不知道会有多大成效。

校长告诉我们，马赛人有句古话，手持棍棒放牧，便没法拿书本了。现在的年轻人有书读了，很多也去了镇子上念书，然而他们再也不愿意回来拿棍子放牧了。我看不出校长的眼睛里，流露的是喜还是悲。

这让我想起我的叔叔。他曾在云南乡村支教扶贫两年，回到家乡后告诉我："他们人贫心不贫，不需要我们这样的人去扶贫。那些孩子们，跟大山草地是一体的，看到初升的太阳就唱歌，看到大山青草地就跳舞，天生的，不用教。晚上他们就同满天星辰做伴，不寂寞，多好啊。我们去支教，告诉他们外面的世界多美好，鼓励他们去城里念书，打工，脱贫，于是他们开始攀比，再也不回大山里的家，再也不在蓝天下唱歌跳舞了吗？"

我想，也许贫穷，并不是物质的匮乏，而是拥有了却总是渴求更多。城市里的人才贫穷、才寂寞呢。星星看不到，还总是马不停蹄地奔向更远的地方。我记得福冈正信在《一根稻草的革命》中说过，农作物是可以不受人类干涉，而靠自然的力量健康生长起来的。我们自作聪明地浇灌、施肥、剪枝，实际上却打破了它们的生长周期和大自然的规律，而教育也是如此。孩子的耳朵是完全可以捕捉到音乐的，潺潺的流水声、森林里树叶的摇动声都是音乐。而我们在对他们进行音乐教育，教给他们读乐谱打节奏之后，却破坏了他们天生纯真的音感，令他们丧失了倾听鸟叫虫鸣等自然之声的敏锐了。

那么现在的我在马赛支教的意义又是什么？我原本以为，支教，是给他们更多的公平选择权，可是现在，我有些困惑了。

11 大草原上的生活

马赛部落没有水源，全村只有一个水箱，设在学校的后面，水是村民从40分钟车程的镇上运来的。每天傍晚，我们会随家中的女人一起，背上大大小小的空瓶子去学校后面打水。

背着装满水的瓶子回家远没有我想象中轻松。我蹲下身子，西玛把大水瓶抱起来搁在我的背上，然后用长布条在我身上缠绑很多圈，才算把水瓶固定好。我努力地站起身来，摇摇晃晃地走了几步，差点摔倒在地上。家里的女人们都笑了。“你行不行啊？”西玛皱着眉头看着我。“没问题，放心吧！”我勉强挤出一丝笑容。回家的路可真是漫长，我走走停停，身子都曲成了弓状。转头一看12岁的小西玛，她身上的水瓶比我的还大，毫不费力地同大家有说有笑往家走，我顿时想找个地缝钻进去。在马赛的传统里，男人除了放牧，是不做任何家务的，哪怕是再沉重的体力活，也都由女人来承担。看着这些弓着身背着水瓶、拖着沉重的步伐往家走的马赛女人，我还是禁不住地心疼起她们来。

回到家中，西玛要带我们去牛棚喝牛乳，我二话没说就跟进了牛棚。只见瘦瘦的西玛站在一头身体庞大的奶牛面前，蹲下身使劲一挤牛的奶子，奶水呼呼往外射。她示意我靠过去张大嘴去接喷射出来的奶，我严格听从指令，刚把脸凑了过去，就被她用奶水溅得我满脸都是，她却捧着肚子哈哈大笑起来。这个顽皮的丫头！我跳起来故作生气状，她这才认真起来，将奶水喷进我的嘴中。说不清是什么味道，只感觉暖暖的。

一周一晃而过。周日清晨，塞勒带我们去教堂做礼拜。所谓教堂，不过是间用铁皮搭起来的宽敞些、房顶高些的简陋房子。房屋前面有个桌子，旁边有架破旧的电子琴。年轻人聚在一个角落里，大多身着T恤衫；上年纪的人则聚在另一个角落，大多披着传统马赛布制斗篷，红色，黄色，橙色，格子，枫叶图案，各式各样。塞勒感叹说马赛的文化已经快要断绝了，村里的年轻人很少穿传统服装了。

礼拜仪式同其他国家的基督教堂很是不同，这里节目很多，也很精彩。没想到塞勒多才多艺，在台上弹起了琴，带领大家用马赛语唱歌。姑娘们还排起队，跳着舞走到教堂的前方。中老年妇女也有一些歌舞表演。

周日下午，我们跟家中女人在学校后面的水箱旁洗衣服。接水，换水，蹲着洗衣，我不一会儿就累了。我看了一眼身旁的西玛，别看她瘦瘦小小，干起活来实在是麻利，好几盆衣物都已搞定。当我正冲洗第三遍时，西玛凑到我耳边轻声说:

“我们只冲洗一遍的。”我连忙观察起家中其他女人，她们正把还起着灰色肥皂泡的床单拧干，拿到一旁晒。我捏了一把汗，却忽然想起水都是从县城里运来的，不容易又有限，于是我无地自容地赶紧拿了衣物去晾。

回到家中，我、柯拉和莱汐急匆匆地换上泳衣，拿上洗浴用品和脸盆赶回学校后面。过去的一周我还没洗过澡，只是每天睡前用湿巾简单擦拭身体而已，我感觉自己快要发霉了，还有我那满头的辫子，头皮已经痒了很多天了。

现在，我们要趁暖洋洋的太阳还没有落下的时候去洗个澡。在学校四周侦察了一圈之后，看到没有人，我们马上偷偷摸摸地展开了穿着泳衣在光天化日下的洗澡运动。水冰凉得刺骨，“真不知道马赛人是怎么洗澡的！”莱汐颤抖着说。“管他呢，反正我们又是干净清新的姑娘了！”我笑着回应。

12 臭虫事件

一天清晨，莱汐跑到床边把我摇醒：“快来看看我的背，是什么，好痒啊！”我拿起手电，掀开她的衣服，看到一小片红色的包。“那是臭虫啊，”塞勒走进屋，看到莱汐身上的包，淡定地说，“家里人身上都有的。”说着就撸起袖子让我看。他们肤色黑，不容易辨别，但仔细观察的话确实也有几个红包。塞勒紧接着说：“这东西喜欢留在木床板上，有时候也会留在衣服里，肉眼找不到。”

“一帆，我晚上到你床上挤挤吧，我的床板上肯定有臭虫了。”莱汐恳切地问我。我爽快地答应了。夜晚，冷风一如既往地往屋里灌，我们俩挤在床上瑟瑟发抖。莱汐跳下床把她床上的被褥也抱了过来，我们继续昏睡过去。

天还没亮，我就被浑身上下止不住的痒惊醒了。我掀开衣服，背上、腿上、胳膊上、肚子上，浑身上下不下四五十个红包。我惊呆了，原来臭虫躲在莱汐的被褥里面。莱汐检查自己的身上，红包没见多，于是吃惊地问我：“怎么都叮你了？”我鼻子一酸："我天生就这种体质，每次跟别人在一起，我就是他们的驱蚊药，蚊虫只来找我。"

"对了，这些天我也没见你吃疟疾药啊？"莱汐问道。我更加委屈了："太贵了没买，那药一天就是 5 美金，我来肯尼亚一共才带了 500 美金。"她惊呼起来："我从来没见过不吃疟疾药的义工，你玩命啊！"我小声地回答："本地人不是也不吃吗？"莱汐看着我，摇了摇头："实在拿你没办法。"其实在两年后，我通过沙发客接待了一位法国女生，她在印尼时患上了疟疾，在新加坡时发作。去医院探望她时，她高烧不止，脸色煞白地躺在病床上，浑身酥软又无比疼痛，随时有生命危险。那几乎是我见过最恶劣的传染病，不禁让我深感自己在肯尼亚时没有染上疟疾的幸运，并发誓日后再也不为此省钱了。

塞勒过来看到我身上大片的红包，吓了一跳："这么严重！赶紧去打水，烧开水冲洗床板，把被褥拿去阳光下晒！"于是一整个下午，我都跟家里的女人们一起烧水，烫床板，晒被褥。在痒痛难熬、坐立难安中度过了一天之后，晚上我在清洁过的床板和被褥中睡着了。

清早起来，身上的红包又多了很多，还有一片片夜晚睡觉时无意识时抓破的血痕。早餐过后我又开始拉肚子。家里的厕所其实就是地上挖的坑，旁边横七竖八地堆着一些木板条，大小便都在这里解决。我前前后后跑了几趟厕所后，还是跟着柯拉和莱汐去了学校。

这一天我在学校里煎熬无比，浑身痒，上课说话都困难。下课后，我在学校后的大石块上坐下，想给远方的家人打个电话，可手机电话费却不够。我鼻子一酸，两行眼泪涌了下来。学校的寻洛老师见状，走到我面前，把手机递给我看。我以为他是来安慰我的，就拿过手机来读——学校的糖用完了，能再买五公斤的糖吗？他不是几天前才来找我说学校的铅笔和橡皮不够用，我给了阿妈钱，让她去镇子上卖手工编织的时候帮忙捎回了 108 根铅笔和一些橡皮吗？他不是上周五刚刚带我去看他准备建设小学的基地，我都答应说回去帮他筹款了吗？怎么今天又来要糖呢？我把手机还给他，没理会，于是他径自走开了。

回到家中，我把寻洛老师的事情告诉了塞勒，他立即破口大骂：“寻洛真不是个东西！他家是村里最有钱的，前前后后去美国旅游了三回，经常把义工当钱袋，把公益款项挪入自己腰包。就连他准备建的学校也是他私人的，准备拿义工的钱建，让义工来教，自己当校长，有点小钱的人家的孩子才能来上学。你可千万不要再理会他！”

我的腹泻问题渐渐好转，可是臭虫问题始终无法解决，我接连三天夜不能寐，身上的红包与抓破的痕迹越来越多。“要不你还是提前走吧，去镇上看看医生！”莱汐和柯拉劝我。我有些犹豫，我向来不觉得自己是娇气的姑娘，可是，这次我真的要撑不住了……

再见，马赛

我打算在临行前给家里买一件礼物。

选什么礼物好呢？我私下向塞勒寻求建议，他坦率地告诉我："电视机！那可是我们家一直以来的心愿。"我一惊，这可真是把我当富婆了啊。就算买得起，家里的发电设备连灯都点不起来，小西玛每天晚上都要靠打油灯来写作业。更何况，这些天下来，让我最感动的就是家中没有电视，天黑之后家人会温馨地靠坐在一起吃饭聊天。哪像城市里的那些家庭，一人抱一台电视机，连话都不说一句。这多像座可笑的围城，我羡慕他们的原始家庭生活，他们却羡慕我的现代城市生活。

这时我突然想起小西玛曾告诉我，她想学吉他，可村里没有。来之前，我脑海中的非洲是这样的：大草原上，大家穿着草裙，围着篝火打鼓、弹琴、唱歌、跳舞。但事实上并不是这样，几百人的马赛村里，唯一的乐器就是小教堂里的那台破旧不堪的电子琴。于是，我决定去买一把吉他。粮食吃完了就没有了，而音乐不同，它能给人带来欢乐，这种欢乐既可以与周围的人分享，又可以被传承下去。

阿妈正好要去内罗毕城里卖手工编织，我就跟去了。我这才发现这么大的首都城，不过只有三家乐器店，真愧对非洲在我心中作为音乐之乡的形象。跑遍了全部三家乐器店之后，我终于找到了一把合适的吉他，居然产自台湾，还价之后还要 130 美金。我不禁调侃自己跑到世界的另一端，却买了产自自家附近却比那里贵两倍的东西。搭摩托车回村时，颠簸得让我提心吊胆，我紧紧地将吉他抱在胸前，仿佛那就是我的命根子。

西玛看到吉他后兴奋极了。还有塞勒，因为有电子琴基础，他兴奋地拨弄了会儿琴弦后，就弹出简单的调调了。他告诉我，那是部落有史以来的第一把吉他，那把吉他在家中老老少少的手中传来传去，大家都喜爱得不得了。离开马赛一年后的一天，我收到塞勒的邮件，说村里已经有好几个人可以弹吉他了，这让我心中有种难以言说的喜悦。

第二天中午，我告别了马赛家人和学校里的学生，坐上了离开马赛部落的摩托车。临行前阿妈拉着我的手，我还是一如既往地说："等着我，我会回来的。"也不知道阿妈是否听得懂。

回到镇上，我跟一些义工住在一起。大家看到我全身上下被臭虫叮咬的痕迹，像瘟疫一样地躲开，说我的行李箱、衣物，甚至头发里肯定有残留的臭虫。跟我同一房间的中国女孩，还特地换去了隔壁的房间。幸好有一个西班牙姑娘来安慰我，说她也经历过臭虫，是可以用开水烫死的。于是第二天我独自跑去药店，买来消毒剂，家里的用人和我一起烧了一整天的开水，掺着消毒剂烫洗了我所有衣物和行李箱，这才算同臭虫事件说了声再见。

肯尼亚归来，我也会困惑地问自己，这样跑去遥远的地方，是去行善吗？我在那里每天做的事情，当地人其实完全可以花一美金雇人来做，还不如把机票捐出来，都够别人活好几年的了，那么做义工的意义又在哪里？我原本怀着帮助他人的心去，到头来却发现，真正被"帮助"的是我，自己的收获远远大过于付出。这次义工之旅，让我看到自己心底并不纯粹的"善良"，我在这个过程中变得更加包容自己与他人，更愿意欣赏星空、草原和简单生活，更加惜福。这次义工之旅，也为我打开一扇公益之门，我希望自己能在这条路上走下去。

不管怎样，我终于去到了遥远的非洲，看到了那里的天和树，圆了自己的"非洲梦"和"公益梦"。

chapter 05

我见过最美丽的风景

1 就让我和世界恋爱吧！

我常对朋友说，倘若真有世界末日，我毫无遗憾，想做之事都尝试过，梦想清单上的每一条也都奋力争取过。我也会觉得，当全心沉浸于当下瞬间的那一刻，就没有了对于未来和死亡的恐惧。恰如印度哲人奥修所言：“如果你全然地生活，你就不会害怕任何东西。恐惧永远属于未活过的生活。”

我相信自己看见过世界上最美丽的风景。

那是在撒哈拉大沙漠里。大漠日落，暮色四合之时，我们生起篝火，烤肉，唱歌，跳舞，等待野生小狐狸的到访。我原以为狐狸是极为美丽的动物，因为古人时常把美丽的女人形容为狐狸精。而我眼前的撒哈拉野狐狸长得却像野狗一般，甚至还矮小难看很多。深夜，我们露天窝在睡袋里，每个人都醒着，却静而不语，一起默数着夜空中的繁星，以夜空做帐篷，渐渐地睡去。清晨睁开眼睛，满面风沙，唇边却是甘甜的露水。

那是在菲律宾的开放海域。我和几个陌生人一起租船下海，寻找世界上最大的鱼类——鲸鲨，它们只有在每年的 3 月到 5 月才会在这里出现。每当视野中有鲸鲨出没时，就驱船靠近，纵身扎进海里。我们在十几米长的鲸鲨身旁和它一起游泳，伸手就能触及它庞大的身体。别看它身材巨大，却是素食主义者。它在我身旁悠闲地游着，把我当作小鱼。我真担心它那张宽大的嘴，会不会在喝水时不小心把我吞进去。

那是在尼泊尔的小镇博卡拉。我第一次乘上滑翔伞，飞行师来自新西兰，曾只身一人从巴基斯坦西部的高空，用了七个小时一路穿越到巴基斯坦最东端。我们在完全没有机械引擎的帮助下，靠着寻找合适的热气流，腾飞而起，扎入天空。在几百米的高空中，我们像自由的鸟儿一样飞翔、旋转，俯视着片片美丽的山谷和河湖。

那是在古城卢克索的上空。我搭乘着热气球在空中俯瞰上千年的埃及古寺庙遗迹。视线所及之处，一条绵长的路通向远方，路右是金黄色的沙漠，路左是一片绿洲。大地上四散着零星的古寺庙，还有在地上移动的热气球的倒影，我心中一阵莫名感动。

那是在印度的贾沙梅尔，印度与巴基斯坦的交界处。我随同着骆驼队在驼铃声声中穿越沙漠。夜晚入睡时，看到夜幕苍茫中骆驼的剪影，好像远古时代的恐龙，颇有穿越之感；但白天骑上骆驼时，它却出奇地温顺。很快我就学会了驾驭自己

的骆驼，让它听从我的指令东跑西奔，酷极了！有时候骆驼队经过西瓜地时，大家正口干舌燥，我们的向导还会带我们去地里“偷”西瓜。沙漠里长的西瓜，皮特别厚，但是很甜。大家分吃西瓜时分外豪爽，个个是铁砂掌高手——用手掌把西瓜啪地劈开，然后一掰为二，用最原始的方式，三下两下就啃个干净。

也有些让我压抑的地方，譬如在屠杀犹太人的波兰奥斯维辛集中营和柬埔寨高棉惨案的故地。它们总让我在悲痛中不能自拔，但也正因如此，我越发对世界和人性的双面性充满了好奇。

虽然我喜爱摄影，也随时带着单反，然而在最难忘的瞬间，我总是忘记了一切，常常是一张照片也没有留下来。但我也并不觉得遗憾，因为瞬间已然在心头铸成永恒。

2 假装自己是条鱼

五年前，我和三五好友相约去龙目岛，攀登云扎尼火山。听说那里有一汪色彩斑斓、颜色奇特的火山湖。而当我们穿着登山鞋，背着登山杖，坐船抵达龙目岛时，港口的百姓却告诉

我们，火山刚刚爆发了。看着远处的火山顶上烟雾冉冉升起，旅伴建议：“要不，我们去 Gili 岛尝试一下潜水吧！”我有很多热爱潜水的朋友，我却始终无法理解，为何他们会对这项运动如此痴迷。

Gili 岛的海域很美，渐变的蓝色，清得可以目见水底飘动的水草。我们参加了 Discovery Diving 项目，是专门为没有潜水证的初学者设计的。我们每个人由一个教练带着，学习一些最基本的氧气瓶的使用、水下交流用的手语和应急措施，半个小时后就下水了。

潜入海底大约十米的地方，我惊呆了！虽然之前去过不少水族馆，见过各种各样的鱼，但当看到成群结队的热带鱼就在触手可及的地方，色彩斑斓的珊瑚在身边随水流摇摆，当跟《海底总动员》里的小丑鱼“尼莫”打招呼时，喜悦之情如光芒般笼罩了我。忽然之间，一只庞大得完全超乎我想象的海龟从我身边呼噜呼噜地游了过去。我兴奋起来，忘记了教练的嘱咐，好奇地跟着海龟往前游。教练在我身后急得发疯，不停地敲击他身后的氧气瓶予以警告，我这才放弃对海龟的追赶。

海底带给我的不仅是一个关于鱼群、珊瑚和水草的神奇美妙的感官世界，而且它让我进入到一种融化的状态。在和周围的鱼群一起游动时，我的陌生与恐惧感顷刻间完全消失，周围的鱼似乎也把我当作一条大鱼，将我团团围住，一起向前游去。在追逐大海龟时，我更加难以知晓自己究竟是人，还是鱼。那种感觉十分微妙，关于自己的记忆顷刻间全部消失了。

上岸时我神情恍惚，似乎觉得刚才是一场梦。不过也许那才是现实，而我作为一个人才是一场梦。在水下的轻松与自由之感，让我突然相信了人类是从海洋生物进化而来的说法，人体的主要成分是水，而我们原本跟海洋就是一体的。

龙目岛和巴厘岛相比，更加天然和幽静。然而两年后再到龙目岛潜水时，这个岛已经变得很是出名，到处都是成群结队下潜的游客，而珊瑚也因为人类活动的增加正在大量死去。

大学毕业时，我来到红海边上埃及西奈半岛的达哈巴（Dahab）。那是世界上最美的潜水地之一，也是我见过的最美海域，拥有极多种类的珊瑚与鱼群。由于潜水花费比较高，那日我来到著名的蓝洞（Blue Hole），在海面浮潜。忽然，我看到水下七八米深的地方，有一个身着潜水服的人在朝我招手。我不假思索，用力憋了一大口气，猛地往水下游去。游到那人面前时，他立即把备用呼吸器递给我，同我分享他氧气瓶里的氧气。他一把挽住我的胳膊，牵着我往深处潜，我们遇见了很多珊瑚和海洋鱼类，这让我惊喜不已。因为戴着呼吸面具，我并不知道他是谁，似乎是个西方男子，像天使一样带我自由地在海里游动。过了一会儿，他把我送到接近水面的地方，同我挥手告别。浮出水面后，我努力寻找他的身影，他却在海洋里消失了，我们再未谋面。

开始工作之后，我的第一个心愿便是去马来西亚刁曼岛考取初级潜水证。那次我遇到了“尼莫”的老师蝠鲼，它张开翅膀一样的大鳍，像是在海底世界里飞翔。我还被一只突然出现的巨大的鳗吓得半死，它长得像大水怪一样！半年后，我又奔向泰国普吉岛，取得了高级潜水证，于是我可以下潜至水下 40 米的地方。我的潜水教练是个海马迷，他总是带着我在海底寻找各种海马的踪影。我们还遇见过一只美丽耀眼的巨大水母，和一只正在海底打瞌睡的七八米长的豹纹鲨，它们着实让我又惊又喜！

每次潜水之后，我都会对周围的世间万物变得更加敏感。在种种潜水经历过后，我再也不愿意走近水族馆，因为觉得那些鱼类被关在玻璃柜里好可怜。它们原本可以在自己的世界里自由徜徉，却因为人类的观赏欲望，不得不成为玻璃柜中的玩物，再也不能回家。

地球上，海洋占了三分之二。若不是那次云扎尼火山喷发，我可能一辈子都接触不到这三分之二的美丽星球。在水下，我为海底世界的美妙震惊，也时时能感受到自己的渺小，油然而生对地球的敬畏与爱。

辞去工作后，我来到中美的洪都拉斯学习自由潜水。自由潜水是指不携带氧气瓶，只通过自身调节呼吸，屏气往海洋深处潜的运动。曾有位自由潜水员说过，自由潜水像进入另一个世界，没有重力，没有颜色，没有声音，是一次进入灵魂的跳远。

在洪都拉斯的乌提拉（Utila）小岛上，潜水教练教给我呼吸秘诀，即如何在体内贮存比平常多几倍的氧气，以及正潜与倒潜的方法。第一次进入海洋自由潜水，我就一下子着了迷！因为没有水肺潜水时持续不断的吐气冒泡，我在水中游动时平静了很多，不会惊动身边成群的鱼儿，可以同它们更加亲密地相处。而且，

自由潜水又像自己跟脑部意识的一个游戏，一次水中的冥想。一口气的时间里，无数念头浮过，我却要静静地观察它们，然后让它们安静地离开。尤其要战胜的还是内心的恐惧，我时常担心体内氧气不足，几次都想浮出水面，平静下来之后却发现，那只不过是个念头，不是真实的信号。于是在水中我总是提醒自己：外面没有别人，只有我自己。

课程结束时，我用一口气 1 分 40 多秒的时间，潜入并参观了海底 22 米深的沉船船骸。那时我好兴奋，我曾以为潜水和冲浪都是在澳大利亚或夏威夷的海边生长的人才能做到的，他们体质和水性比我好。而那一刻我却发觉，原来身体都是相同的，区别只是心是否想要、是否在那里。

chapter 06

百分之二十的不完美

1 我被持枪抢劫了！

大四最后一个学期，递交了毕业设计的当晚，我搭上了飞往菲律宾马尼拉的飞机，作为辛苦工作的自我犒赏。

在马拉特地区的一个青年旅馆安顿好之后，我去市区的集市上转了转。我向来喜欢集市，大的，小的，华丽的，脏乱的。于我，那是了解当地居民生活的最好方式。我总是悠闲万分地在集市上漫步，观察本地人买菜时讨价还价的样子。再买些路边的水果和小吃，跟百姓们搭搭讪，有时赶上节日集会便会更加热闹。

傍晚时分我搭乘花花绿绿的吉普尼回家。没坐几站便方向感全失，拿出旅馆地址给身旁的男孩看。男孩微笑着回答："离我家不远，你跟我一起下车好了！"下车后，他友善地要求送我回去。我见他白净斯文又面善，便没有推辞。他告诉我他叫罗一，比我大一岁，在一家连锁快餐店打零工，正在学习计算机，以后便可以有份办公室的白领工作了。

天越来越黑，巷子却越走越窄。我不免有些担心："你确定是这条路吗？"罗一犹豫了一下，掏出手机用本地语言打了一通电话。放下电话后他连连道歉："对不起，好像走错路了。不过刚问清楚了，你就放心吧！"于是我们继续在小巷子里穿梭。罗一打破沉默的气氛问我："你一个人旅行不怕吗？""才不怕呢，这世上好人多。"

就在那一刹那，两辆摩托车迎面驶来，车灯晃得我睁不开眼睛。一声急刹车过后，两个全身黑衣的又高又壮的蒙面汉一左一右堵住了我，两把枪直指我腰间。他们一把扯走了我左肩上的单反相机，又要伸手去抢我右肩上的挎包。我本能地拽住挎包，那里面有我的护照，一旦丢失就无法返回新加坡参加期中考试，就不能按时毕业了。对方抢包不得，拳头接二连三地落在我的鼻梁和脑门上，越发凶狠。我一下子瘫坐在地上，几近失去知觉，眼泪哗哗不止。两个黑衣人迅速跨上摩托车，驶远了。

我毫无气力地坐在原地，浑身是血，嘴里、胸前、胳膊上、衣服上、裤子上，到处都是。我从未见过自己流这么多血，一下子吓蒙了。血全部是从鼻孔里涌出的，原来港台片里的场面是真的，击打对方的鼻子真可以流出这么多血！我瘫坐在马路中央哭得像个孩子，阴霾的无助感深深地笼罩着我。

抬起头时，一些百姓正驻足围观。这时一位阿姨走上前要扶我站起来，我这才发现一只鞋子在挣扎过程中被扯断了，另一只也被踢飞了。我大脑中一片混沌，听不清阿姨在说什么，只是大哭着用力堵住血流不止的鼻孔。在阿姨的搀扶下我上了车。这时罗一也围了上来，他眼角布满泪水，一脸惊恐地跟上了车。原来这位阿姨是这个小区的委员会主任，她建议我们先去医院做检查，然后再去警察局报案。

到了医院，我被护士们抬上轮椅，医生拿着手电在我鼻腔里照来照去："最好拍个 X 光片子！菲律宾医疗免费，所以来看病的百姓特别多，得等。下周二再来拍片子吧！"不是急诊吗？"我无奈地看着医生。"没错，但没办法，人多，就得排队。"阿姨见状，建议罗一先回家，然后她开车带我去了警察局。

警察局不大，一个审讯室，一个厅。厅里有个小铁栅栏围起来的简陋监狱，还关了三个囚犯。填完无数表格过后，警察终于带我进入审讯室："我开车带你回作案现场吧，说不定能找到些线索。"反正没坐过警车，于是我痛快地应允了。警车大摇大摆地驶进了案发的巷子，周围一片漆黑，果真一无所获。这时阿姨问我："刚才你跟警察讲事情原委，你说罗一有没有可能是同伙儿啊，事发前他不是打了通电话吗？"我心中一惊："不会吧？他不像啊！他刚才还跟我们来了医院啊……"阿姨摇了摇头，低声道："这可不好说。"

事后回到旅馆，已是深夜，我躺在床上，周围鼾声四起。我睁大双眼看着漆黑的夜，绝望得无力。现在能活着躺在这里真好。万一还有下次，再宝贵的东西也要通通放手。不过，我再也不想一个人上路了！想着想着，眼泪就流了下来，紧接着鼻血就哗哗地往外冒，嘴里净是血的味道。泪腺和鼻腔果真是相通的。

接下来的几天，我被恐惧深深笼罩，走在大街上时，生怕任何人靠近我，即使是迎面跑来想抢我手中咬了一半面包的小孩，我都会颤抖着大声让他们离开。每天我都在马尼拉的大商场里晃荡，还看了一场原本以为是文艺片的《黑天鹅》，再次在惊吓中鼻血直流。我曾抱怨新加坡鼓励消费，到处是商场，而今大商场却是这个城市里唯一能给我安全感的地方，因为那里有持枪的警卫。

我至今都不知晓的是，罗一是否参与了这场抢劫，不过那都不重要了。我曾发誓再也不要一个人上路，再也不会相信陌生人。然而很久之后，当尝试着不带感情色彩地直面这件事时，我开始去宽恕，豁达、包容地看待那些对我施加了暴力的抢劫犯。因为我同他们一样，身上也具备阴暗面。只是他们没有我幸运，不能找到合适的途径来面对并同那些阴暗面和平相处，于是导致它们以最极端的方式被释放了出来。至少，既然事实无法改变，我也需要一个重新背包上路的理由。

2 第一次被驱逐出境

土库曼斯坦是丝绸之路上的必经站，素有“中亚朝鲜”之称。不欢迎旅行者，而拿旅游签证的可能性几乎为零。我和旅伴历尽千辛万苦，终于拿到一张有效期为五天的过境签证，却未料过境时被边境官员毫无理由地拦下：“你们必须在三天之内离开这个国家！”我心里嘀咕，管你呢，好不容易才拿到的签证，我偏要待五天！

在首都阿什哈巴德，我们幸运地找到了一位中国大姐做沙发主，她是国内一家建筑公司驻土库曼的代表。我们住进了大姐的豪华公寓，尽享由法国设计师设计的繁华与现代化，好不快活！

在土库曼的第五天，清早我们正在一家小旅馆里吃早餐，却被四个警察团团围住：“这几天你们去哪里了？我们给每个大城市的每个旅馆都打过电话，丝毫没有你们的下落。”我听得毛骨悚然。“赶紧去边境吧，可有麻烦了！”

在边境，边境官员调查了我们去过的每一个地方，坐过的每一趟火车，甚至还检查了我手机、相机里的每一张在土库曼拍摄的照片。“你们违法了。我们国家有条例，不能去本地人家过夜，只能住宾馆。”官员一板一眼地告诉我们，并要求我们写检讨书，检讨我们在伟大的土国境内犯下的罪过。我们只得又好气又好笑地乖乖从命。“你们五年不能再进入土库曼了，不过，”那个官员试探性地问我们，“如果每人交250美金的话，就可以免除惩罚。”我连连挥手道：“不用不用，罚吧罚吧！”一个红色的驱逐出境的章就这样落在了我的护照上。

五个半小时的审讯终于结束，已是晚上7点多。我望着窗外的夜幕，心中直打鼓，也不知道对面乌兹别克斯坦的边境会不会已经下班了。边境官员解释说：“放心吧，24小时开放。”然后他又不怀好意地笑起来：“不过，两国之间的无国境地段可是有两公里多啊，万一你们要在无国境地段过夜，一定要小心哦！那里的士兵可是几年都没见到女人啦！”

于是我们背起包，在冷风飕飕的漆黑夜里行进着，终于在一个转角处看到了远处的灯火，乌兹别克斯坦的边境真的还有官员在上班。“太好了，不用在无国境地段安营扎寨了！”我和旅伴欣喜若狂地互相拥抱。

3 倔强的力量

有时我真为自己的倔感到惊讶。一次因倔而来的福气，是完全不在我计划之内的免费迪拜之行。

那时我大学毕业不久，在肯尼亚做完义工，正乘坐 Air Arabia 前往埃及卢克索，需要在阿联酋的沙迦转机。从内罗毕到沙迦的航班延误了五个小时。当我降落在沙迦机场时，航空公司的工作人员抱歉地通知我："去卢克索的飞机已经起飞了，下一趟航班，是两天后。"他们告诉我，我有两个选择：一是免费住机场的酒店，等两天后的航班；或者，我可以再去买一张其他航空公司的机票。

沙迦机场小得可怜，打死我也不要在机场里被软禁两天！于是我开始据理力争，请出经理来谈判。四个小时的软硬交涉后，他们终于同意为我办理阿联酋的临时签证，提供两天的四星级酒店住宿，酒店里的一日三餐自助餐和每日去迪拜、沙迦各大景点的往返巴士，一切免费。

我这个穷背包客，在高级宾馆里过了一把奢华游的瘾。宾馆的服务生大多来自中国、巴基斯坦和菲律宾，都是来阿联酋挣足钱再回国的。起初他们都如接待贵宾般充满敬畏地精心接待我，混熟了之后，他们惊讶又失望地发现，原来我比他们还穷！不过我们很快打成一片，天天在我的房间里偷偷搞派对，而他们也会偷偷把自助餐里不包含的更上等的餐饮从厨房里偷出来让我享用。

两天后回到机场，航空公司的人员再次抱歉地通知我："对不起，我们算错了，下一班航空不是两天后，而是三天后。"于是我厚着脸皮问："把我的经济舱升为商务舱吧！"航空公司人员面红耳赤地回答："对不起，我们是廉价航空公司，没有商务舱。给你一张150美金的机票代金券吧！"于是他们又把我送回宾馆，又过了一天的奢华生活。我暗自想，这个廉价航空公司在我身上亏损了那么多钱，日后不会把我拉进黑名单吧！

还有一次香港机场历险记。

那是我在从土耳其一路向东回中国的路上。重走丝绸之路的起点伊斯坦布尔，我买了一只防身辣椒油，以应对危险和紧急状况。这只辣椒油陪我走过了整个丝绸之路上的六国，一直搁在我的背包底部，早被我遗忘了。

四个月后，我在香港机场准备登上菲律宾航空飞往美国旧金山的航班时，被安检人员拦了下来："请跟我们走一趟。在香港，携带辣椒油是违法的，可不像携带刀和打火机这么简单，辣椒油跟枪支武器是一个类别的。"两分钟后，四个穿制服的警察匆匆赶来，开始对我进行审讯，并认真鉴定着辣椒油的来源、购买时间和地点。我眼睁睁地看着大大的落地窗外自己的航班起飞，无助地流下了眼泪。一小时后警察开了一份犯罪报告："这次对你宽大处理好了。再有一次类似的行为，你将永远被香港拒绝入境。"看着四位警察离去的背影，我绝望至极，他们明明知道我一个人旅行，携带辣椒油只是出于自我保护，怎么能被算作武器呢？难道哪天祖国危难了，我们还能携手用辣椒油保卫国家吗？

我赶到航空公司的柜台寻求机票改签。"对不起，你违法了，这是你自己的过失，重新买一张机票吧！”香港去美国的机票这么贵，我不甘心。于是一整晚，我几次奔波于机场警察局和航空公司柜台之间，苦苦求情，却毫无结果。我不得不在机场的长椅上过夜，每个小时都在自责、无助与绝望中惊醒。

第二日清晨，我第五次来到航空公司柜台，工作人员不予理会，我不得不强硬起来，找来航空公司西装革履又一脸严肃的高管。“孙小姐，您的情况我已了解，我深表同情。但作为公司的经理，我不得不按规章制度办事。您还是再去买一张机票吧！”我眼泪汪汪地看着他：“你是经理，你也知道的，其实你要是真想帮忙，一句话就够了。为何要这样冷漠呢？我尊重你的决定，不过，我还是要把电话号码留给你，万一你改变主意，随时打给我好吗？”然后我转身离开了。

四个小时后，手机响起：“孙小姐，您好，我已同上级商量，由于情况特殊，我们只收取改签费用，700 港币。今晚的飞机，行吗？”就在我险些就要放弃的最后关头，希望终于降临。我急匆匆跑去柜台，致谢，付款，登上了当晚飞往旧金山的航班。

越走，就越发地印证了克里希那穆提那句话：“无论是在俄国，还是在美国，还是在印度，人心都是极为相似的。只是在不同的天空和政府之下，以不同的方式表达罢了。”世界在我眼中，就像“小马过河”，它并没有一些人说的那样美好与浪漫，也没有另外一些人说的那样肮脏丑陋。我一直觉得，虽然张开双臂去拥抱整个世界时，会迎来一些痛苦和伤害，然而，更多的始终是无与伦比的美丽。

chapter 07

沙发客的故事

1 开始沙发客：红海边邂逅的美好

很多年前，旅途中遇到的几个朋友告诉我，他们是正在环球旅行的“沙发客”。那时我才得知，原来有种叫作“沙发客”的旅行方式，源自一个旨在帮助旅行者与当地人建立联系的沙发客（Couchsurfing）网站。通俗地说就是旅行时你可以做“沙发客”，住在当地会员家；而当有会员来你的城市旅游时，你可以做“沙发主”，接待他们住你家。如不能提供住宿，你还可以选择“见面喝咖啡”，即见面聊天或做免费导游。如此一来，沙发客既能省钱又能进行文化交流。

为确保安全，沙发客网站实行后台实名制，即所有会员必须上传个人资料并经过网站审核以通过实名认证。同时，沙发客会员要设置自己的个人主页，包括姓名、年龄、职业、教育背景、性格、爱好、有趣的人生经历和可提供的住宿条件等，以便他人更好地了解自己。为反映会员更真实的一面，网站上提供会员评价系统，类似于淘宝网的好中差评。每当沙发客完成一次沙发旅行时，双方将进行相互评价，以建立会员口碑，也为他人在选择沙发主时提供参考信息。

听起来完美，而我还是止不住地担心：遇到坏人怎么办，生活习惯不一样怎么办？因此即使在沙发客网站注册已多年，我都从未使用过。

大学毕业后，我和一个朋友去埃及旅行。因为有同伴壮胆，我便提议尝试沙发客。同伴也颇有兴趣，于是我们开始搜索傍红海而坐的小城市达哈巴（Dahab）

的沙发主。在仔细研读了很多沙发主的信息，并发出三封请求之后，年轻的英国夫妇科瑞和纱拉迅速回复了我们，热情地欢迎我们去他们家借宿。

这绝对是一个无比正确的决定！

纱拉一大清早就来到车站接我们回家。当看到一座两层小别墅和热情迎接我们的金色拉布拉多犬时，我们兴奋起来。纱拉给了我们一间温馨宽敞带空调的卧室，又准备好茶点邀我们来客厅享用。我们十分惊讶：沙发主不是只要提供沙发就好了吗？

我和旅伴坐下来，跟科瑞夫妇聊起来。他们二人都在英国长大，且都是一半印度一半英国的混血，科瑞的爸爸是印度人，而纱拉的妈妈是印度人。多年前，年纪相仿的两个人在英国相遇，一拍即合，惊觉他们就是彼此苦觅的人生伴侣。自那之后，两人一起环游世界，去了五十多个国家，最近刚刚结婚。他们在一家环境保护的 NGO 工作。由于工作平台只需电脑和网络，因此他们每一两年就换一个国家居住。因为喜欢大海，两个人又都是专业潜水员，他们总是选择傍海的城市。至今他们已在澳大利亚、哥斯达黎加、毛里求斯、坦桑尼亚和西班牙等很多国家旅居过了。两个月前他们刚刚搬来 Dahab，租下了这套别墅，而租金才 600 美金一个月。拿英镑工资，过北非低物价的生活，实在是再如意不过了。

清晨醒来，纱拉正在客厅为我们准备早餐，还给了不少周边旅行与潜水的建议。“你们这样完美的生活，干吗还要接待沙发客？尤其像我们这样的穷背包客，都无以为报。”第一次做沙发客，我的脑子里翻腾着各种问题。

“谈什么回报嘛！我们一个月接待两次，跟世界各地的背包客聊天，也为我们的生活平添不少乐趣呢。家里房子大，接待背包客我们力所能及。我们在路上的时候，也常得到各路人马的帮助呢！”

在这次愉快的沙发客经历之后，我迫不及待地想去探索这个精彩广袤的沙发客世界。

2 远方固然美好，不要忘记当下

这些年来，背包旅行，我很少在旅馆留宿，而是在各地形形色色的沙发主家中度过了一个个精彩难忘的夜晚。出于安全因素考虑，起初我只选择好评多的女性或者夫妇作为沙发主。然而在沙发客网站上，男性用户远多于女性，于是在混熟了沙发客“江湖”之后，我也开始选择一些好评多的男沙发主。

沙发客让我如此钟情的理由，数不胜数。

首先，我可以选择沙发主，选择我想去认识与相处的人。青年旅馆是个遇见新朋友的好地方，但我无法选择共处一个宿舍的人，偶尔也会遇见一些话不投机半句多的人。而沙发客不同，我可以通过浏览对方的个人资料，选择自己感兴趣或志同道合的沙发主。在美国波士顿（Boston）时，我住在一个中国女生诗渭的家中。她在美国读大学，喜爱背包旅行，曾在孟加拉国格莱珉银行实习，在坦桑尼亚做义工，又热爱艺术，弹得一手好钢琴。我们一见如故，几个晚上都聊天至凌晨 2 点。我像遇见到了自己的妹妹，或是更加年轻、更有朝气、更无所畏惧的自己。

其次，我的沙发主就是我的导游，他们会带我了解当地的文化风俗。在土耳其孔亚（Konya），我的沙发主是当地大学的工程系教授瑞谢。他不仅在清晨 5 点钟开车去长途汽车站接我，而且同他的表弟及女儿一起，开车带我游玩孔亚一整天。我们一起去了孔亚历史博物馆、苏菲诗人鲁米的故居，品尝了当地最有名的一米多长的比萨，还去欣赏了完美得接近神性的舞蹈。

做沙发客，让我感受到本地人生活的真实脉动，让我在遥远的他乡有个温暖的家。在墨西哥瓦哈卡（Oaxaca），我住在墨西哥女孩麻杉家中。她家的楼房、庭院以及室内装潢都极富当地特色。白天我们一起去本地的菜市场买菜，在家中洗衣做饭，也走亲访友，晚上一起参加当地的狂欢节。

另外，我可以去游客到达不了的地方，做游客做不了的事情。在重走丝绸之路的尾声，我到达了兰州。沙发主卡闻是在美国长大的伊朗男生，在加州伯克利大学毕业后，通过美国和平部队（Peace Corps）来到兰州理工大学教英语。到达他家时，一群英语系的学生正在为我们准备丰盛的晚餐，大家兴致勃勃地聊起国内的大学生活。卡闻还有一支由美国和俄罗斯人组成的乐队，周末常带着乐队去各个酒吧巡演，在兰州小有名气。他邀请我去观看他们乐队演出，还邀我上台打鼓，同他们一起即兴演出。

省钱原本是我沙发旅行的初衷，虽已不再是重要原因，但在很多生活成本高的城市，确实帮助我节省了开支。在美国波士顿参加哈佛种子班时，我先后在四户沙发主家中借宿。在香港，我住在一个有环球梦想的汽车设计师家中。还有一次我在马来西亚兰卡威（Langkawi）旅行，沙发主是一个高端旅行团的导游，正在接待一个深圳富豪家族的团。我作为他的“私人助理”，免费跟团游，交通与餐饮全免，还差点跟那家人坐上直升机环岛飞行。

最让我感恩不已的，是通过沙发客，我结识了很多好朋友。沙发客让大千世界不同角落里的陌生人建立起微妙的联结。

那日我来到一座闻名于世的历史古城，由于种种政治原因，这座城市里气氛紧张又保守。当地大学生阿觅一家热情地接待了我。

刚到家，阿觅就郑重其事地教我如何向神祷告，并再三叮嘱，遇见朋友握手前要祷告、吃饭前要祷告、洗澡前要祷告、睡觉前要祷告，总之做一切事情前都要向神灵祷告。一整天下来，我不知同他的朋友们一起祷告了多少回。傍晚时分，阿觅却坏笑着告诉我：“你被骗啦！这是个恶作剧，我们才没这么虔诚呢！”我愣了半晌，只见和他的朋友坐在地上捧腹大笑，原来他们极度痛恨政府对宗教方面的高压政策，于是借此来调侃。

很快我便成为了阿觅家中的一员：和祖孙三代一起吃饭，聊天，买菜，晚上一起在客厅的地毯上睡通铺。阿觅妈妈待我如亲女儿一般，多次要求为我洗衣，每次做饭还会问我爱吃什么。

阿觅高中成绩很好，却因痛恨政府强制的宗教学习，他的宗教课不及格，没能进入理想的专业，被调剂去念英国文学。这座城市里大多数居民都是该国少数民族，阿觅家也是。政府为加强统治，不断压制少数民族文化，多次取缔他们的语言、音乐与艺术。这些年来，阿觅坚持私下学习他们民族的传统乐器。这些天我们形影不离，一起去学校见朋友，还一起去他音乐老师的地下工作坊学习乐器。

阿觅告诉我，他们国家每个人都在做违法的事情，因为法律规定得太多，于是相当于什么都没规定。法律规定恋爱男女不能在大街上牵手亲吻，百姓不能收看外国卫星电视。但事实上，很多家庭都在偷偷收看卫星电视，因为国内的电视节目虚假得不堪入目。政府拍摄了一系列洗脑电视剧，剧情非常狗血：在家中，每个孩子都会听从长辈教诲；情侣绝不会牵手或亲吻；恋爱一定会走向婚姻，即使分手也一定会再续前缘。这个国家的年轻人出门在外时保守又正经，回到家中却是一派疯狂与荒诞：听西方流行乐，看好莱坞电影，周末还会邀请一群年轻朋友来家中喝酒，吸大麻，咒骂政府。在这里，沙发客也是违法的，没有导游证便

不能带领外国人回家。阿觅常常会提醒我，若有警察来询，我要坚持说自己是他家亲戚在海外留学时的同学，决不能流露出关于沙发客的蛛丝马迹。

周末，阿觅和他的朋友带我去参观这座城市里唯一的公园，我们挤在人山人海中，一圈圈地围着一个人工湖转。阿觅尴尬又无奈地解释说，这是这里居民唯一的娱乐活动，政府几乎拆除了所有酒吧、迪厅和艺术馆，全部改建为宗教场所，连他们大学校园里都建了好多处宗教场所。这些年的经济危机已经使百姓们穷困潦倒，再加上少有娱乐和体育活动，每个人体质都很虚弱。

离开这座城市时，阿觅对我说："我是多么羡慕你。我最大的梦想，就是服完两年兵役后拿到护照，攒一些积蓄，四处旅行，再也不要回来。那该是多么自由！"这些天下来，我早就把阿觅当作自己的弟弟，于是提出资助他和我一起在国内旅行。他考虑再三，还是送我到车站挥手让我一个人离开了。车开动前，我跳下车，想给他一个拥抱，他连忙闪开，小心翼翼地低声在我耳边说："你忘记了，这里不是你们国家。"

偶尔我会念起阿觅和我在那座古城的家，不知他们还好不好，也不知阿觅离他那关于自由的梦，究竟还有多远。

在柬埔寨首都金边（Phnum Penh），我的沙发主是法国摄影师奕玛。他三十出头，帅气之中有一丝忧郁。当奕玛仍在襁褓中时，父母因工作原因，几番带他来到非洲，长大后的他，梦中常常出现非洲草原上斑马奔跑的画面。于是在多年的石油公司、政府白领工作之后，他毅然辞职离家，来到坦桑尼亚拥抱他的非洲梦。在那里，他成为摄影师和平面设计师，走上了他未曾设想过的人生轨道。

奕玛的家像一个艺术画廊，到处是他的摄影作品、水彩和素描画。我们在一起聊音乐、艺术、生活与梦想，还一起去看当地乐队的演出。他是典型的法国人，内心柔软，浪漫，热爱艺术与自由，理想主义，有时会很情绪化。我常戏谑他英语里带浓重的法国腔，还总是模仿他说话的调调。一次他气恼不过，愤愤地盯着我说："在这里随便一个酒吧，我的法国腔就可以搞定任何一个漂亮女孩！"我哭笑不得，他连忙窘迫地说："开玩笑的啦，我才不会。不过我有些法国朋友是会故意这样的！"确实，从我的旅行经验来看，法国公子哥向来受世界各地女生的欢迎。从那之后，我常戏称奕玛为花花公子。

离开柬埔寨后，我和奕玛一直保持联系 。半年后，奕玛在网上告诉我，他要返回法国，打算在新加坡转机，停留几日来看望我。这次，奕玛成了我的沙发客。他每天送我上下班，白天就自己去逛新加坡的各个角落。

奕玛离开的那天，他如往常般送我到公司楼下，给了我一个拥抱，然后回家收拾行李离开了。下班回到家，我见桌上横躺着一本设计别致的日记本。翻开一看，扉页上是奕玛写给我的信，信中他称我为阳光女孩（Miss Sunshine），鼓励我继续追求梦想。信的最后一段是："远方与未来固然令人向往，但别忘记当下的

美好。”我打开笔记本电脑，正准备给他发邮件致谢，却发现桌面壁纸变成了一只握着黑芝麻和香草味冰激凌的手，背景是灯光闪耀的新加坡河畔。啊！我一下子恍过神来，感动得一塌糊涂。

“冰激凌环游世界”是我进行了多年的小项目——冰激凌和我有一样的梦想，那就是环游世界！在旅途中，每到一个国家、一个城市，我都会买一只冰激凌，手握着它拍一张照片。有一次奕玛看到我的“冰激凌环游世界”相册，欣赏起冰激凌在哥本哈根、荷兰羊角村、马来西亚槟城、缅甸仰光等地方的照片，脸上洋溢起灿烂的笑容。突然间，他皱了皱眉头，转头问我：“怎么没有新加坡？”我愣住了，尴尬地说：“也许我们总是向往远方，而忘记了眼下的生活吧！”

后来在我的摄影展中，展出了“冰激凌环游世界”。我特地放入了奕玛的那张“冰激凌在新加坡”的照片，也是唯一一张握冰激凌的并非是我的手的照片。

在柬埔寨，NGO、孤儿院和各种慈善组织遍地都是，也有很多当地人利用机会挣钱腐败。每当我跟奕玛聊起自己的公益梦想时，看过了太多公益黑暗面的他，总会一脸不屑。我们有时会各持己见地争论起来，最终都以我说他冷血告终。

而就在前几天，我收到了奕玛的来信。他去泰国和柬埔寨的边境住了几个月，策划了一本图书，用摄影作品来记录流亡到泰国的柬埔寨人的凄惨生活。这本书已经发行，全部收入捐给流亡在泰国的柬埔寨百姓。最近他即将奔赴缅甸，在一家 NGO 工作，为本地低收入人群创造就业机会。“这个假装冷血的奕玛！”读完他的信，我不由得笑了。

沙发客改变了我的旅行风格，从游览著名景点，观赏怡人风景，渐渐过渡到深入当地人的生活，探索他们的内心世界。于我，旅途中最美丽的画面，不再是教堂、博物馆，而是一个个写满喜怒哀乐的面孔，和有精彩故事、平凡却不渺小的人们。

3 第一次做沙发主：烟火女作家

很多人问我，去别人家借宿的话，是不是也一定要在家招待呢？并非如此。在沙发客网站上，一部分人喜欢旅行，去别人家借宿；一部分人热情好客，喜欢招待；也有很多人两者兼做。开始沙发客后的一年时间，我只是借宿，并不招待。当工作渐渐稳定下来后，我开始考虑是否可以开放在新加坡的家，接待一些沙发客，为旅行者提供便利，也为自己的生活增添些色彩。第一次接待，我就遇见电影里才有的情节，而且我跟这个沙发客共挤一张双人床，整整三个星期！

她叫糖。在写给我的沙发请求中，她介绍自己来自台湾，平面设计出身，出版过一本书，现在是旅游作家兼旅游电视台主持人。这次她和好朋友泥一起来新加坡旅行，希望我可以接待，我欣然而应。

糖 30 岁，是典型的台湾妹，打扮得精致时尚，活泼开朗，颇有艺术才华，绚丽如烟火。泥 22 岁，看起来像个高中生，礼貌斯文。我们仨相处得非常愉快，总是有聊不完的话题，艺术、梦想、台湾的娱乐界，天马行空。

三天后，我刚推开房门，就看见糖和泥坐在我的床边，手握一大把扑克牌，床上也四散着扑克牌，至少有七八副。我怔住了："你们在干吗？"糖看了一眼泥，支支吾吾地说："其实我们不是来旅游的，我们是职业赌徒，奔着新加坡金沙赌场来的。"职业赌徒？我有些惊慌失措。向来与赌博不沾边的我，突然觉得眼前与我同处一室的沙发客如此陌生。我到底在接待什么人？

"别怕，听我说。看过电影《决胜 21 点》吗？"糖开始将他们的故事娓娓道来。《决胜 21 点》中，一个赌神带领一支麻省理工大学的高智商学生团队学习算牌，横扫各大赌场，狂敛巨财。电影中的赌神，原型其实是个台湾人，叫狼。现实生活中，他早已上了世界各大赌场的黑名单，因此他要不断培养新队员，训练他们拿自己的钱去赌，赢来的钱分成。

而泥，就是狼的秘密小队中的一员。三年前刚步入大学的他，偶然读到狼的一本算牌书籍，对此产生了浓厚兴趣。于是他跑去狼的图书见面会，希望拜他为师，而狼却只是冷冰冰地抛下一句："你还是回去把我的书全部看一遍，反复练习完了再来找我吧！"未料想泥回家后，还真就闭关一个月，把基本的算牌技巧全部学会了。他对自己说，赌博又好玩、又能挣钱，还在大学里读那些无聊的课程做什么？于是他破釜沉舟地辍了学，再次前往拜师，这次狼终于收他进入了算牌团队。

半年前，糖作为澳门赌赛的随团记者，在澳门赌场中偶遇泥。泥的经历让糖产生了极大兴趣，她毅然辞去工作，加入了算牌团队。在家专心练牌一整月后，糖随团队去了首尔赌场。虽然输了很多钱，但是她对赢牌算法抱有信心，于是跟泥相约，私下来到新加坡，准备在金沙赌场大战一番。

对赌博我还有些抗拒的，虽然我在旅途中经历过诸多赌场，但从未赌过。我警惕地问糖："你确定算牌这种事情不违法？"她笑着说："不违法，最多就是被拉进黑名单，以后不进了就是了。不过，35 岁之前上黑名单是我的梦想。听起来多酷啊！"糖扬起眉毛，继续说，"而且我是旅游作家，这是多么难得的经历，可以写成故事出书，还可以做巡回演讲呢！”

“出书做演讲这么容易啊？”我疑惑地看着她。

糖说，人是要敢于梦想的。她20天去了欧洲四国，回来就出了一本书；她做过七八次沙发客，就可以在各地演讲沙发客旅行了，就连微软都曾重金聘请她做关于旅行和梦想的演讲。糖继续补充道：“我认识好多台湾知名歌手、作家和主持人，其实都没有什么。在这个时代，个人品牌营销比什么都重要，如果再学会社交，那你也可以做明星啦！”

我怔怔地站在那里，说不清自己的感受。我欣赏她追梦的勇气与执着，但又觉得时代变化真快，我的世界似乎还停留在那个“酒香不怕巷子深”的年代。也许在我心底，虽然喜欢看众人翘望的美丽绚烂的烟火，但我更想做一棵平凡的树，静静地观望世间的纷纷扰扰。

接下来的几天，我们开始各自的生活：我清晨7点起床去上班，晚上8点回家；他们中午起床去赌场，午夜时分回家。由于起居时间不一致，我时常会睡眠不足，但还是同意多收留他们一段时间。在金沙赌场的这些天，他们很少赢钱，一直在输。一天，在他们的邀请下，我跟随来到金沙赌场，想一探究竟。

金沙赌场果真金碧辉煌，头顶有一盏盏巨大的吊灯，雕工极其精湛。糖告诉我，赌场十分狡猾，绝不会让玩家有赢的概率。而狼的算牌队伍，就专门寻找可乘之机。三个月前他们刚刚找到百家乐里面的一个小漏洞，于是周旋于诸多赌场赢钱。通常他们要格外小心，因为赌场一旦意识到某种游戏正在输钱，便会立即加多摄像头，严格监控。在金沙赌场里，糖可以一眼看出哪些是职业玩家，曾经在哪个赌场照过面，哪个人用的是怎样的策略。即使与某个赌徒相识，他们也绝不打招呼，因为一旦有人被拉进黑名单，摄像头拍摄的录像中所有跟他有关联的人就都会被赌场盯上。

糖还把百家乐的漏洞与策略解释给我听，并没有我想象中的复杂，从数学概率角度来讲，他们确实是有胜算的。回家后她神秘兮兮地问我："你学数学出身，算得又快，要不要加入我们？"糖解释说他们目前最大的问题就是算得慢，常常要掏出计算器来算，这样一来，很容易被赌场盯上。我有些动心，算牌确实有意思，但最终我还是听从了心底的直觉，婉拒了这份邀请。

三周之后，跟晚睡晚归的糖与泥长期同处一室导致我睡眠不足，已无法精力充沛地去处理工作上的大把项目，于是我让糖和泥搬去我的朋友家住。搬离后没几天，糖就向我汇报了好消息：两天之内，他们狂赢 33000 新币，可以提成。而她也终于实现心愿，被金沙赌场拉进黑名单了！紧接着，各大媒体相继报道，回到台湾之后她还上了《我猜我猜我猜猜猜》节目，名气越来越大。我生平第一次上报纸，居然因为我是糖的沙发主；在台湾的电视台娱乐节目上，她还举着我的照片说我是她在新加坡相识的灵魂伴侣。媒体界确实让我哭笑不得。

而今，糖把赌场经历写成书，已经出版；同时也开始了另外一个老摩托车旅行的项目，正在策划下一本书。每每想起他们，都像是电影镜头般不可思议，又触目惊心。

4 做沙发主的美好时光

在糖之后，我先后接待了三四十个沙发客。之所以对接待沙发客如此着迷，原因种种。给予让人快乐，也让我感恩当下生活的富足。在新加坡，我租的房屋并不大，却也有沙发和多余的床垫，给一些在他乡的背包客一个小小的家。工作空闲之余，我会带他们游览新加坡，品尝当地美食，也会带他们去参观我在做义工导览的新加坡美术馆。

春节回国时，我还说服了爸妈敞开家中大门，接待沙发客。爸妈第一次做沙发主时，接待的是两个正在北京交换留学的、讲一口流利中文的美国男生。爸爸去火车站接站，然后我当导游带他们游览千佛山、大明湖和趵突泉，探索老城里有趣的街巷，那时我深感对家乡前所未有的钟情与眷恋。晚上去外公外婆家时，精心准备的晚餐已候在桌上。外公外婆跟两个金毛老外聊得开心极了，欢声笑语盈满了整个客厅。临走时，妈妈还准备好糕点和零食亲自送他们去车站。

旅行于我，是赏景、遇人、观心；而接待沙发客时，听他们的故事、聊历史文化和人生体悟，即使足不出户，也像是在旅行。那时来自葡萄牙的派卓来新加坡 INSEAD 商学院念工商管理学硕士，因暂时没租到合适的房子，于是以沙发客的身份在我家借宿。派卓从小在乡下的葡萄园里长大，拼搏多年考进了葡萄牙工科排名第一的大学，成为他们家族里第一个念大学的人。后来他进了麦肯锡咨询公司，又到美国创业，一年前开始环球旅行。在尼泊尔时，他第一次跨上租来的摩托车，兴奋之情让他一发不可收拾。他飞回葡萄牙，考了摩托车驾照，买了一辆 130cc 的小摩托，后座上载着女朋友和行李，开始了西非之旅。他们一路上露营睡帐篷，脏得不行就找个沙发主或者小旅馆洗个澡。派卓最感慨的，是他在西非国家的路边停车买菜时，菜摊大妈总会盯着很久没有剃胡须的他，惊恐地尖叫“耶稣！耶稣”。四个月时间，他们从葡萄牙一路向南，沿着非洲西海岸，穿行了摩洛哥和利比亚等 15 个国家，最终到达喀麦隆，完成了西非远征。

沙发客总能为我平淡的白领生活带来源源不断的惊喜。我接待过在新西兰研究人工智能的约旦博士、逻辑思维发达的瑞士会计师，也有在德国多家餐馆学习厨艺、将父母的肖像印成大片文身的伊朗男孩。这好像就是阿甘的巧克力原理：“你永远不知道下一颗是什么味道！”有一次我同时接待了来自三个大洲的四个沙发客，小小的家中热闹极了，我们每天晚上都聊天狂欢至深夜。

还有一次，一封沙发请求吸引了我：济南女孩、山东省实验中学、奥地利公司、环球旅行、灵修、草药学，比我大一岁的她简直就是我的阿姐！她叫梓尘，大学毕业后在深圳工作，攒了十万块钱开始环球旅行。她从中国一路南下，汽车、火车、搭车、骑摩托，一路穿越了越南、老挝和泰国等国，三个月后陆路到达新加坡。她神似三毛，曾爽朗地说：“我打算环球旅行个两三年，最后一站去南美，感受一下那里男人的性感与狂野！”然而几个月后，梓尘在 Facebook 上通知我，她已经和刚上路时在泰国遇见的小她很多岁的美国男生订婚了，夫妻双双把家还，在济南定居了。我十分震惊，不过，再大的环球梦想，都不如突如其来的幸福重要吧！世界这么大，心安即是家。

我接待的沙发客，赐予我一双新的眼睛，让我发现新加坡的美丽，也重新审视自己的生活。因为沙发客大多是第一次来新加坡，他们总能以不同的角度看待这座我很熟悉的城市。尼辞是个来自瑞士的文艺青年，他披着长长的卷发，有种书香气质的帅，在新加坡时还被一个时装杂志拉去做封面模特。尼辞不仅把我家的钢琴、吉他和木箱鼓玩得团团转，还喜欢一本正经地谈论高深的哲学。每次带他上街时，再不起眼的小角落也能引起他的好奇。从街头简陋咖啡厅外的几盏破灯，到地铁站里脚下踩的一幅精美的马赛克作品，在他看来都非常新鲜与美丽。每次他夸赞新加坡地铁便捷、空气清新的时候，似乎都像在提醒我要珍惜当下，不要因为习以为常而忽略了那些可爱的点滴。

也有一些沙发客，在这个车水马龙、四处霓虹灯闪耀的快节奏城市里，为我带来家人般的温暖。来自加拿大的巍思，原本我并不想接待，最终却在我家住了大半个月。

巍思 33 岁，收到他的沙发请求时，我眼前一亮：攀岩、高山徒步、走扁带、机车旅行、潜水、瑜伽、冥想、视频制作、平面设计。然而他是沙发客网站的新用户，犹疑之后，我决定暂时不收留，先约出来吃个饭。

第一次见面，这个一身户外行头、高高大大的男孩就让我备感亲切，他真诚友好，聪慧敏锐。“你也玩鼓啊！”当巍思得知我正在学习秘鲁木箱鼓，并为新加坡国庆社区演出做准备的时候，感叹说：“我玩鼓很多年啊，还组过乐队呢！”我立即邀请他来参加我们的排练。当天晚上，乐团老师格外兴奋，安排他在曲中独奏。几次排练过后，我邀请巍思来家中做沙发客，他兴奋地告诉我：“你是我第一个沙发主啊！”从那天起，巍思每天会来接我下班，我们一起逛街，吃晚餐，他还给我讲他当日发生的奇闻趣事。

从小到大，巍思一直是本分的好孩子、好学生、好员工和好男友。他在一家软件公司工作八年，跟多年恋爱长跑的女友买了房正准备结婚的时候，女友突然抛他而去。他坐在房前以泪洗面，突然找不到人生的意义。几个月后，巍思决定告别以往单调的生活，卖掉房子，辞去工作，来到亚洲，去探寻生命的可能性。在台湾和香港旅居的两年里，他开始尝试旅行、攀岩、瑜伽和冥想，过上了不一样的生活。

新加坡是巍思环球旅行的第一站。在国庆演出过后，我努力地劝说他：“多留几天吧！我正在策划自己的摄影展，你的视频制作不是还获过奖嘛，正好教教我，我们需要一个宣传片呢！”于是巍思改签了机票。在接下来的十天时间里，他随我东奔西跑，录制宣传片，教我视频剪辑。我们时常剪到深夜，他却还乐呵呵地打趣：“你家沙发客是不是都被你收买来做苦力了？”

离开新加坡后，巍思去了尼泊尔和土耳其等国，还攀登了非洲第一高峰乞力马扎罗山。现在他正在加拿大创建绿色农场社区，也在写书，对生活充满热情。我时常想念这个在我家中住了半个多月的大哥，想念他爽朗的笑声、乐观的态度，和对我追求梦想的鼓励。

5 沙发客是一种生活方式

渐渐地，沙发客成了我的生活方式：外出旅行时做沙发客，在新加坡时做沙发主，有时不便接待，我也会跟一些沙发客约出来喝杯咖啡、聊聊天。

单是见面喝咖啡，我就遇见了许多有天马行空故事的沙发客。有来自德国，只用了 2000 美金便穷游了中东和东南亚七个月的生物学博士；有来自葡萄牙，曾在西藏被高僧目测出癌症的建筑师与音乐制作人；有来自波兰，靠在网上玩游戏谋生的职业玩家；也有来自波斯尼亚的化妆品公司的创办者。

认识央就是通过喝咖啡。央是德国人，在澳大利亚读完管理学硕士后，搬来新加坡工作。初来乍到，他希望结交一些同样热爱音乐的朋友。第一次见面，我就被央的迟到短信震惊了："对不起，我要迟到了，我现在跟男友在一起，马上过来。忘记说了，我是双性恋。"如此直接的双性恋者，我还是第一次见。见面时，他比我想象中还要开放，毫无避讳地谈论同性恋与双性恋的话题。他甚至告诉我，他一段时期会对男性感兴趣，另一段时期会对女性感兴趣，会一直变化，连自己也琢磨不透。那之后我们成了琴友，他还介绍他的马来西亚男友给我认识。在认识了一些同性双性恋朋友过后，我发觉他们并无不同，一样很可爱！

同好友柯文相识，源自一封疯狂的沙发客站内信："一帆，你好，我来自德国，在新加坡交换留学。看到你的个人主页上说在学习摩托车驾驶，那你是否有兴趣跟我一起骑摩托车从新加坡回德国呢？”那时我学习摩托车是受了电影《摩托车日记》中切·格瓦拉的故事，和吉姆·罗杰斯的个人传记《旅行，人生最有价值的投资》的影响，渴望有一天能够骑摩托上路。吉姆·罗杰斯乃神人一枚，他三十多岁时说服了刚刚大学毕业、完全不会驾驶摩托车的女友去学习摩托车修理，然后两个人骑摩托环游世界20个月。正是在路上寻找到的投资机会，让他成为美国最富有的投资家之一。不过，面前这封骑摩托从新加坡到德国的邀请函，听起来还是像个玩笑。

出于对柯文宏伟计划的好奇，我们约出来喝咖啡。柯文在慕尼黑同时念两所大学，分别学习商学和工程，曾在上海交换并实习，中文还不错。从小被单亲妈妈带大的他，独立又坚强，喜爱泰式拳击和摩托车旅行。他靠打工挣钱买了一辆650cc的巨型白色宝马摩托车，曾只身从慕尼黑骑行至土耳其的伊斯坦布尔。柯文的梦想是在宝马公司做摩托车工程师，也希望有朝一日能参加世界摩托车锦标赛。每次谈起摩托车，他的瞳孔就会放大很多倍，这个大男孩简直就是为摩托而生！

由于没有足够的假期，我无法同柯文一起骑行回德国，但我们却成为朋友，一起前往印尼泗水攀爬婆罗摩火山。在泗水，柯文租了一辆小型自动挡机车，带着我驶入了森林公园。他难过地告诉我：“咱们租的这辆摩托，我骑上时感觉就像在出轨。我好想念我在慕尼黑的‘女朋友’，白色宝马，超大排量，够帅气！”

柯文果真完成了他的宏伟大业：他把“女朋友”空运来新加坡，用了三个月时间，一路搭帐篷，做沙发客，骑行回到了慕尼黑。

柯文冒险与疯狂的另一面，是他百分百德国人的逻辑与理性。他会周密规划自己生活中的一切，他有一本Excel账本，记录了五年来的每一笔收入与支出，哪怕只是几分钱。他的严谨理智，同我的随性与感性结合起来，倒使我们成为不错的朋友，常会产生些有趣的思辨。他很少流露情感，通邮件时也是一本正经。一次视频时我惊讶地发现他了解我生活中的点滴，他轻声解释道：“我一直在Facebook上关注你的生活，只是没告诉你就是了。”原来百分百德国人与爱流露情感的南欧人真是很不同啊。

我总是伺机寻找做沙发客的机会。从新加坡乘飞机回国时，我常在天津转火车回家。每次在天津逗留，我都会去沙发主杰克叔叔家借宿。他在天津政府工作，学识渊博，见地深刻，游历各国，也经常接待沙发客。由于儿子在英国留学，夫妇二人总是把他们儿子的卧室留给我，还会亲自接站、送站，为我准备早餐，待我如女儿一般。

一次在新加坡搬家，新房主家因要装修，要求我晚十天入住。正为自己将露宿何处而发愁时，我想到了沙发客。这次我在两位沙发主家借宿，一位是住在富豪区的新加坡青年交响乐团的小号手，另一位是平面设计师，家中上有老下有小。我在新加坡生活多年，居然还是第一次近距离体验本地家庭生活。

通过朋友的介绍，我认识了更多有趣的沙发客，其中一些还成为我在网上神交已久的笔友。我会在信中同富有小额信贷与NGO工作经验的波兰女生玛润探讨公益问题，会同在世界各个角落学习音乐与神学的法国男生尼柯聊人生，也会向人生阅历丰富、充满关爱与智慧的“佛陀姐姐”安哲寻求建议与帮助。

安哲是巍思介绍给我的香港女生，她在英国长大，漂亮性感，面庞如容祖儿和舒淇的合体，又有静如处子、动如脱兔的气质。她旅行过的地方不计其数，曾在阿姆斯特丹和米兰旅居，在印度果阿瑜伽修行，也曾在北非支教。她的人生与工作经历更是丰富，奥美、公关创业、Discovery频道制作人、文学写作、艺术创作，还有瑜伽修行。她在充满物欲的香港大都市生活，生活精致，穿着时尚，同时波澜不惊，有一颗明晰与清澈的心。在我眼里，她过着出世与入世完美结合的生活。每当迷茫与困惑时，我便会写信给她，而她总会真诚与耐心地回复我，予我启示，让我更加清晰与坚定。我曾专程前去香港拜访她，并戏称她为我的"佛陀姐姐"。

笛亚是我最常联系的笔友。他是菲律宾和希腊的混血，曾在希腊的投资银行工作，不到一年时间就厌倦逃离了。那之后他一直在路上漂泊，过着嬉皮士的生活，已经六年多了。他的旅行成本很低，总能找到一些摄影、写作或者在农场打工的临时工作。虽然生活简朴了许多，但他活得很充实、很快乐。他时常提醒我："生命很短暂，做自己喜欢做的事情吧！享受生活中最简单的事物，譬如太阳、山

川与河流。还有别忘了，要微笑。”

一年前，笛亚同一个日本女孩遥依一起，用了八个月骑单车从日本回到希腊。他是严格的素食主义者，而走过丝绸之路的人都明白，在饮食以牛羊肉为主、少有蔬菜的中亚各个斯坦国，素食者就只能就着白开水吃馕了。我无法想象，每日骑单车精疲力尽的他，车子停下来就只能啃大饼充饥，这需要多少苦中作乐的勇气。

我一直以为笛亚是单身，然而当我来到土耳其伊兹密尔，住在曾经接待过他和遥依的沙发主家中的时候，我才得知笛亚是有女朋友的，其实就是遥依。我惊讶不已，因为每次笛亚在信中提起遥依，都只说是“单车旅伴”或者是“好朋友”。

我好奇心大发，于是写邮件问笛亚。回信中笛亚说："你听说过开放关系（Open Relationship）吗？就是在保持伴侣关系的同时，双方保持自由意愿，可以跟其他人约会或者发生性关系。我和遥依之间就是开放关系。因为普通人难以理解，所以一般我只会称我们是朋友关系。"

这实在撼动了我的价值观。虽然之前就听说过开放关系，但发生在我周围的朋友身上，还是第一次。这种伴侣关系，彼此不会吃醋嫉妒、不会担忧焦虑吗？笛亚告诉我："我们在一起的时候相亲相爱，彼此尊重，享受每个当下；不在一起的时候我们有各自的自由，不干涉对方的私生活。爱是什么？只有你对我忠贞我才爱你吗？只有你满足我的需求我才爱你吗？那都是狭隘的爱，是有条件的爱，是占有欲。真正的爱是无条件，无束缚，也不牵扯嫉妒、焦虑和欲望的。我爱遥依，我给她自由，无论她同我在一起是一天、一个月还是一年，无论她是否给我我想要的，我都爱她。即使她在外面同其他男人发生了关系，回到家中，我还是会心怀敞亮地向她微笑，给她拥抱。她对待我亦是如此。"

遇见了更多开放关系的伴侣之后，我发觉真正的开放关系是可以幸福的。然而绝大多数人修不到这个境界，做不到无条件地爱，不评判，不嫉妒，给予绝对自由，所以很多开放性关系还是以失败与痛苦告终。我深深祝愿笛亚一路走得顺利与幸福。

6 世界是我的大学，沙发客是真人图书馆

世界像我念过的另一所大学。这所大学里只有一个专业，即探索世界，深入自我，及如何更快乐地在世间生活。主修课程有各国历史地理、文化传统、自立与勇敢、执着与应变、如何与当地百姓相处、与来自世界各地的旅人交流。辅修课任意选择，音乐、艺术、海洋、星空、投资、公益、宗教与社会学等，无论是知识还是技术，只要有心，什么课都可以选得到。这所大学里没有评分，没有考试，没有竞争，没有排名，也没有毕业论文。毕业的时

候由你来撰写毕业证书，颁发给自己。你可以选择大学的长短，一年，四年，甚至一辈子永不毕业。

学校里有一间图书馆，是真人图书馆，它叫作“沙发客”；每一个沙发客或沙发主，都是一本真人图书。我一直相信，有可能改变你的，就是你遇见的人与事和你读过的书，而在这所大学里，书与人就合为了一体。这个图书馆的书籍涉猎广泛，有商业运作、设计、有机农作、心理学、哲学和语言学等，也有些形而上学、占星与宗教，你可以自由选择，借书免费。

有些书你爱不释手，可以看很多遍，甚至把书借给朋友。有些书你时间不够，只够读一两个章节，你也可以把这本书“带走”继续读。有时也会有一些烂书，无聊的书，或者读完目录就失去兴趣的书，你随时可以退还。也会有些书名与封面很普通的书，读到很多章节后却发现它非同寻常，越发精彩。还有一些书，你原本以为是童话故事，读完后才发觉是哲学书，就像沙漠中的《小王子》。

大学里我选择的辅修是艺术、音乐、公益和灵修。大多数时候，我都会选择跟我的辅修相关的书籍。有时我也会随机选书，迎接一些意想不到的惊喜。

在艺术和音乐方面，我选择了不少有趣的真人图书。我曾在墨西哥跟随我的沙发主——一个潜藏在使馆工作的阿根廷嬉皮小哥，学习打乌拉圭鼓；也曾在伊斯坦布尔住在一个生食主义者的意大利画家家中，同他探讨多种艺术流派与作品。

我最喜爱的音乐与艺术图书，是沙地。他是土生土长的印尼日惹人，28 岁，温和善良。当我在日惹旅行时，他和他热情友善的家人接待了我。沙地是一名摄影师和平面设计师，常为一些机构兼职做设计。逢周末他便会骑摩托带我走访城市里大大小小的艺术馆、画廊、摄影展等文化艺术聚集地。那时我正在筹划摄影展，想设计明信片用于筹款。沙地完全不吝惜时间，手把手地教我平面设计，我最终设计出了自己的明信片。业余时间沙地在两个乐队工作，分别是吉他手和贝斯手。有时他在卧室里录制音乐作品时，会邀请我来学习，也带我去见他的音乐家朋友，一起玩音乐。同时他还是个瑜伽老师，并管理一个瑜伽工作坊。在他的邀请下，我上了人生中第一堂瑜伽课，为我日后的瑜伽修习打开了一扇重要的门。

在柬埔寨吴哥窟接待我的包魄和雷恩，他们是我的非洲鼓老师。包魄是牙买加和爱尔兰的混血，他在吴哥窟旁经营一家乐器店，售卖从牙买加出口的中美与非洲乐器，以鼓为主；同时他也是个玩鼓高手。包魄的室友是来自法国的音乐人雷恩，他曾在巴西创办过一个在一些孤儿院里教音乐的NGO，现在他来到暹粒，正要把这个NGO扩散到这里。包魄与雷恩的家简直是个音乐天堂，陈列着来自世界各地的鼓，时刻播放着各种部落或雷鬼音乐。有极端艺术气息的雷恩其实非常绅士，他把卧室让给我，自己去客厅睡沙发。他会骑机车带我去看日出，参观吴哥窟的古庙。闲暇时候，他还会教我打鼓。一天晚上，雷恩提议我们仨一起去街头卖艺，于是我们还真就扛着大大小小的鼓，来到河边，摆上一只帽子承装过路人给的盘缠，然后打起鼓来，实在是酷极了！

在美国奥斯汀，我的图书是吒和他的室友诺。吒蓄着长长的拖把头，诺是个面庞清纯的大男孩，他们住在一片建筑风格奇特的嬉皮艺术社区里。他们家的客厅完全就是个大大的舞台，键盘、吉他、电吉他、架子鼓、非洲鼓、印度鼓、小号，什么乐器都有。吒教我在键盘上玩爵士乐，诺教我弹吉他，每天晚上我们都会上演一场即兴演出。吒创作的爵士乐和诺的电子乐都让我啧啧称赞，我很好奇他们拥有这样的才华与水平，为何不全职搞音乐？诺告诉我，在奥斯汀，音乐和艺术是主流，音乐家和艺术家总是供大于求，于是他们都要另寻谋生手段，他们一个在有机咖啡厅做服务生，一个在公园里开小火车，而所有积蓄，都用来买乐器、搞创作了。一次诺目光闪烁地告诉我："我希望自己能挣很多钱，分给我的音乐家朋友们，那样我们就再也不用为生计发愁，可以专心搞音乐了！”

公益方面的真人图书也甚是精彩，有在柬埔寨的小额信贷实习和拥有很多公益经验的德国女生洛琳；有讲五国语言并发起了诸多公益项目的法国人禾漫；有在谷歌工作，曾在朝鲜旅行并为朝鲜人民的医疗救治发起募款活动的波兰男孩唐牧；还有曾在巴布亚新几内亚做环境咨询，在印尼的 Ashoka 做小额信贷项目，离开麦肯锡并创办了野生动物保护的社会企业的南非小帅哥栖蒙。

我接待过一位在澳大利亚长大的越南女孩麦。在新加坡的公益圈中，我早就听说过她。她是一家顶尖银行的项目经理，曾和我的几个朋友一起骑单车从越南胡志明到柬埔寨暹粒，为柬埔寨的一个帮助村庄妇女发展手工业的 NGO 募款。后来他们还在新加坡创办了一个社会企业 Go Adventuring，通过组织有挑战的运动来为公益组织募款。收到她的沙发请求时，我兴奋不已：长期以来想见的人，居然在沙发客上遇见了，沙发客让世界变得如此小！麦在我家停留时，正准备去坦桑尼亚支教，她同我分享了许多公益募款和支教的经验，让我受益匪浅。

因渴求世间真相而对灵修感兴趣的我，也读过不少这方面的真人图书，其中包括在墨西哥南部沙漠里跟萨满学习巫术的动物园管理员游漓，对哲学和宗教学有深刻见解的波斯画家及音乐人麻溯，还有曾在泰国修习双修的谭崔，在吉隆坡教授瑜伽的波兰人芦卡。

到丝绸之路终点西安时，接待我的是美国夫妇如汐和马柯。

如汐是西北大学电影学院、艺术学院和英国文学学院的教授，马柯是一家设计公司的设计师，夫妇二人已在中国生活了11年。在他们家的时光总是惊喜不断。他们来自美国奥斯汀，居然参与了我最爱的《爱在黎明破晓前》《爱在黄昏日落时》和《爱在午夜降临前》的电影剧组。如汐提出要帮助提高我的公众演讲能力，于是邀请我去她的英国文学课上做了一场《重走丝绸之路》的分享，班上的同学给予了我很多建设性建议。临走前，我意外地得知，原来他们都是巴哈伊信徒，于是我们彻夜谈论巴哈伊的种种话题。我突然间觉得，真正想找的东西，总会在某个时候，“蓦然回首，那人却在灯火阑珊处”。

7 世界这么大，心安就是家

大学里的这间真人图书馆，不仅教授我知识与技能，也会给予我一些感悟，让我明白一些道理。

我始终记得在尼泊尔支教时，美国男孩艾柯告诉我的话:“不要只顾闭着眼睛往前冲，记得停下来，听听心底的声音。”

初见艾柯，他身体瘦削，眼睛深邃有神，身着尼泊尔本地人质朴的深蓝色长衫，完全看不出他来自美国。从高中开始，艾柯便自学计算机技术，创建了自己的科技公司，小有成就。高中毕业后，他拿到麻省理工学院的录取通知，但因学费高昂，他没有就读，而是进入一家法国投资银行，设计电子交易系统。后来他被一间美国投行高薪挖走，调来新加坡，很快便成为部门里最年轻的副总裁（VP），银行账户上的数字直线上升。而这一切却让他困惑起来，为什么内心的快乐并没有同存款上的数字并驾齐驱?

一次，艾柯来到尼泊尔的一间山村小学支教，大山里的时光让他听见了心底沉默许久的声音：也许人生的意义远比银行账户上的数字和公司里的头衔更深远。他希望能为世界留下一些价值，不想再做麻痹了自己一味向前冲的人。于是他辞去了工作，回到尼泊尔的山村，那年，他 28 岁。艾柯在尼泊尔中部山区建设了一所小学，供 91 名贫困儿童上学。他跟村里百姓生活在一起，没有电，也没有热水，逢冬天便需要清晨 4 点钟起床，用结冰的水擦拭身体，因为每天只有那个时段，身体才感受不到水冰冷得刺骨。一年后他又创建了一个 NGO——See Change，为夭折率极高的山区儿童提供医疗保障。

在北京逗留之际，我的沙发主道林告诉我："只要真心热爱海洋，你随时可以出发！"

道林是英法混血，曾在香港交换留学，现在北京定居已三年，汉语十分流利，闲暇时会读道家、儒家和林语堂的著作。几年前，道林对帆船航海产生了兴趣，于是开始阅读航海书籍，关注搭"顺风船"的网站。搭顺风船与搭顺风车的方式类似：一些船长愿意收取很少的费用来载有航海经验的人上船，大多是为了多一个人轮班站岗，观测海面状况，也有的是为了在漫长的航途中搭个伴。

而道林，仅凭他从书中读到的航海知识，只身从西班牙出发了。他先是在搭顺风船的网站上找到一艘帆船，付了少许费用，一路到达非洲西北部的加那利群岛。在岛上，船员供远大于求，很多人在海边搭起帐篷露营，一连几周，只为等待一艘肯载他们的顺风船。道林跟他们一起露营，还会在超市营业结束时，在超市门口排起长队等待即将被丢弃的过期食品。晚上，他们还会跟无家可归的渔民们在海滩上点起篝火，欢歌笑语。因为搭船竞争激烈，道林须换上体面的衬衣，去各种有帆船船长在场的社交场合，喝酒，聊天，交朋友。两周后，他终于被一个法国船长看中，成功搭上船继续向南美前进，又几经换船，历尽周折，最终在一个月后到达了哥伦比亚。

新加坡国立大学客座教授韦政也是沙发客。他事业有成，曾在一家上市公司做首席财务官，现任新加坡国立大学会计系和金融系的客座教授。同时，他又曾去过二百多个国家和地区，保持着新加坡“旅行国家最多之人”的纪录，出版过两本书，并发起了每月聚会的新加坡旅行沙龙。有时我担心旅行会影响工作，而韦政都会友好而耐心地给我些平衡两者的建议。他告诉我:“鱼和熊掌可以兼得，事业和旅行可以两不误。”

在新加坡接待一个法国小弟时，我开始反思自己为什么不去澳大利亚挖土豆。他叫洛米，英俊中流露着天真。别看他才 22 岁，瘦瘦小小，却一个人跑去澳大利亚的有机农场里种地，然后买了一部房车环游了整个澳大利亚。他才华横溢，弹吉他、打鼓、吹澳大利亚原著民传统乐器（蒂杰利多）Didjeridu、还会用喉咙唱歌。

“你是嬉皮士，干吗做投行的工作？”洛米笑眯眯地问我。那时我觉得“嬉皮士”是个不好的称谓，更像些不务正业、居无定所、反社会的人群。我皱了皱眉头，洛米似乎看穿了我的心思：“嬉皮士多好，他们是那些在社会上不随波逐流，不追名逐利，有自己的信仰，热爱自然和艺术的人们。我就是嬉皮士，我觉得你也是，不过是披了层狼皮罢了！”

洛米告诉我，他驾房车周游澳大利亚，全靠在农场工作挣取旅费。最近他在一个有机农场里挖土豆，一天八小时的工作就有二百多美金的收入，这跟在大公司的薪水也差不多。洛米问我为何不去挖土豆，我回答说：“在大公司工作，越老身价越高，以后工资会更高的。”洛米摇摇头：“在农场里工作也很好，做上主管后工资更高，而且只需要管理别人挖土豆，不用亲自挖了。你天天在钢筋混凝土的高楼里面对电脑与压力，而我每天面对的是阳光、蓝天和绿油油的农田！”

也许洛米的建议还不错。在他之后，我接待了法国双胞胎姐妹，她们在新西兰摘樱桃，挣得不比洛米少。在中美危地马拉时，我还遇见了两个加拿大女孩，她们在森林里种树，一天收入二百多美金，且周末无须加班。

我去泰国普吉岛考高级潜水证时，住在布鹿和蓝蔚家。布鹿是在美国长大的马来人与华人混血，他告诉我，他前妻是在加拿大跳脱衣舞的舞女。我震惊地问为什么会这样选择，他淡定地回答:“你被虚荣心驱使时,会做出很多蠢事。”他继续说道:“我那时觉得，娶这样的女人该多有满足感啊，别的男人只能看她跳，却不能碰，只有我能！不过结婚后我才发现，她只会拼命花钱买更漂亮的衣服和物品，并且只要别的男人出高价，她就去睡。两个人的虚荣心碰撞在一起，婚姻很快就破碎了。”

布鹿告诉我，现在他生命里最重要的人，是他单纯善良的俄罗斯女友蓝蔚。他们在泰国旅行时邂逅，在一起两年多了。他们靠摄影、设计和导游为生，两个人彼此不图什么，生活很简单，像游牧民族一样流浪，每过半年就换一个城市。去年他们用了半年时间从马来西亚徒步走到老挝，马上又要去尼泊尔的高山上定居了。

我仍记得，在德黑兰与沙发主竹娅告别时，她拥抱着我，低声在我耳边说：“勇敢向前走，别怕。幸福需要冒险！”

漂亮的竹娅是我在伊朗见到的一束阳光。她来自俄罗斯，生食主义者，与我同岁，开朗乐观，热爱音乐与艺术，修习瑜伽，深爱奥修。多年前，竹娅在莫斯科大学里主修波斯语言文学。为了练习波斯语，她在 skype 上加了所有的伊朗用户为好友，总共十多个人，其中一位是住在德黑兰的计算机工程师。他真诚友善，不仅帮助竹娅学习波斯语，完成学校作业，还邀请她来伊朗玩。竹娅来到伊朗时，两个人相爱，她果断地决定搬来伊朗和他一起生活。两年前他们结婚了，现在生活得很幸福，唯一的遗憾是竹娅每天上街都要穿深色衣服、扎头巾。她微笑着告诉我："世间没有十全十美，心安就是福。"

8 你，可以和世界不一样

在墨西哥琥珀之城圣克里斯托瓦尔（San Cristobal）周边的有机农场里，沙发主贝缇和洛德的生活方式深深地颤动了我。

贝缇和洛德是一对32岁的墨西哥夫妇，他们有两个可爱的女儿，分别7岁和3岁。夫妇二人最初在飞行学校相识，毕业时赶上经济危机，没能找到去开大飞机的工作，只得去为有钱人开私人小飞机。结婚后两个人搬到贝缇的老家坎昆，在公司做财务顾问。大女儿出生后，为多些时间陪伴孩子，夫妻双双辞职，改去大学教书，一个上午授课，一个下午授课。

渐渐地，他们厌倦了大城市的生活：贪婪，虚荣，为追求更好的物质生活不择手段。这时贝缇提出了开创有机农场的想法，于是他们卖掉房子，在全国上下寻找合适的农场，终于在五年前看中了San Cristobal郊区的一块地。现在这块地已经成为小型有机农场，种植着二十余种有机蔬菜，和几十株玛雅传统草药。

走进农场，只见贝缇3岁的小女儿正半裸着身子、满身泥土地跟几只猫狗玩耍，有时她还在田地里爬来爬去，抓起几只昆虫捧在手上观察。看到我们走过来，她爬起身来礼貌地打了声招呼。我惊讶地看着她纯真又充满野性的样子，暗想倘若我小时候这样，父母一定会大声斥责我说："别碰这个，太脏！别坐在地上，有传染病！"

最让我震惊的，还是农场角落停靠的一辆废弃大巴。那是在贝缇夫妇刚搬来农场的时候，他们自己设计的木屋，还没有完工，两个人难过地坐在一起："今晚又要下雨，无家可归，害两个女儿也要跟我们一起受苦。"这时候贝缇一拍脑瓜，说："要不我们找一节废弃的火车改装成个家？"洛德哭笑不得："都什么时候了，你还开这种玩笑！"贝缇思考片刻后再次提议："我觉得这可行，又便宜又环保。不如这样，城里不是有很多废弃巴士吗？我们运一辆回来试试看？"于是两人还真就风风火火地去了 Tuxtla 城中，低价买了辆废弃的大巴，一路拖回农场，这还引起了所有村民的驻足围观。和几个村民一起敲敲打打了几天过后，这辆巴士俨然成了像模像样的家：卧室、厨房、衣柜、供水和供电系统，应有尽有。

一迈进巴士，我就被这个奇异又温馨的家吸引了。这里干净整洁，车窗上挂着彩色窗帘，贝缇正跟她 3 岁的小女儿躺在粉色的大床上玩耍。我默默地在自己的梦想清单上又增添了一条：把一个废弃巴士改装成家。现在贝缇夫妇已经搬入了设计别致、纯自然材料建造而成的小木屋中，而巴士则留给在农场上以工换宿的国际义工们住。

贝缇与洛德设计并建造的洗手间，也成为农场上一道有趣的风景。厕所底部是水泥结构，上半部分用竹子、稻草、泥土和废弃啤酒瓶筑成。大女儿还在马桶上画了五颜六色的图案，漂亮极了。马桶的内部构造很特别，前面的洞是小便专用，会直接引导进树丛里面，养育土壤；后面的洞入大便，制成有机肥料用于耕种，绝不浪费一丝资源。

搬来农场后，贝缇又找到了新的事业：红十字会紧急救护员和接生婆。贝缇提倡用玛雅传统与西医结合的方式接生，如果能用自然的方法就不用西医。在她看来，传统接生婆和西医是两个极端：传统接生婆使用草药，靠触摸肚皮来做诊断，但有很多紧急问题处理不了，孕妇很容易难产死亡；而西医又过度依赖化学药品和医疗设备，为了盈利，动不动就要剖腹产。在五个月胎位不正的时候，好的接生婆完全可以通过手把胎位矫正，而西医就只会建议剖腹产。生产过程中，西医使用的催产针也是不必要的，很多时候挺一挺就过去了，阵痛也不是每分钟都有。贝缇还提倡在灌满水的浴盆里接生，因为婴儿在母亲腹中时便是充满水的环境，在水中出生是最自然的方式。

贝缇时常会用自己种植的草药为村里人治病。她告诉我，村庄里有几户人家的妇女都患上了癌症。这让她百思不得其解：癌症应是城市病，山上空气好、水土净、饮食健康，怎么会有人患上癌症呢？调查之后她才发现，那几位妇女的丈夫都在做与农药化肥打交道的工作。这使得贝缇更加坚定地运营自己的有机农场，生产绿色无污染的蔬菜，绝不使用农药，农药会污染水源，更会污染我们自己。

贝缇的两个女儿不上幼儿园，也不上学，而是“在家教育”。这个理念我曾在童话大王郑渊洁的经历中了解过，他不顾社会阻挠与舆论压力，不送儿子去学校读书，而是在家中教育培养，而今他的儿子已是各方面都很优秀的企业家了。

贝缇告诉我，原本大女儿是在学校读书的，可是每次回来都泪眼汪汪，说在学校没有人关爱她。虽然贝缇心底也觉得在学校只是竞争、考试，没有爱，也抹杀了孩童的天真和创造力，但她还是不想太过于背离传统，于是让女儿再坚持一下。几个月后，大女儿放学回家后再一次哭个不停，哽咽地央求贝缇：“妈妈，求求你，我不去上学了好吗？老师们都说我笨，让我罚站，我觉得我要被抛弃了。”贝缇眼睛红红地一把将她抱在怀里：“怎么会被抛弃呢？你永远有爸爸妈妈，我们一直在你身旁啊！”从那之后，贝缇夫妇决定不再送孩子去学校，而是在家教育。他们设置了很多有趣的课程，除了数理英语等基础课程，还有健康饮食、植物识别、跟小动物沟通和自然房屋建造的课程。贝缇告诉我，两个女儿在农场、国际义工和沙发客身上学到的，远远比在学校里学到的多。

而今贝缇夫妇的农场渐渐成熟起来，他们开始制作有机果酱、洗发水和护肤品，并供应到城镇里。同时也在农场上开设了有机种植、草药栽培和自然建筑的短期培训课程，吸引了很多城市居民和外国背包客。

贝缇一家用亲身经历告诉我：你，可以和世界不一样。

9 防人之心不可无 & 破茧的心灵

沙发客，像大千世界里的一个子集：善良、热情、有趣的人随处可见，而也存在寻求钱与性或者寻找诈骗机会的人。在我上百次的沙发客经历中，多数都极为美好与难忘，不过也有过一些极端的经历。

所有的伊朗朋友都劝告我不要去库姆，说那是他们国家最暗淡无趣的城市。但我还是一路奔向了库姆。

这里果真不同。街上的行人紧紧地包着头巾，身上的长袍不是纯黑色就是纯白色。在伊朗时常引起围观和搭讪的我，在这里全然不受重视；行人都目不斜视、一脸严肃地赶路，完全忽视我的存在。倘若我的头巾松了，露出一缕头发，街上都会有礼仪警察上前予我以警告。

当天晚上，来自伊拉克的沙发主巴齐尔开车来车站接我，并带我去和他的朋友一起共进晚餐。巴齐尔的沙发客个人资料上只有四条好评，当初之所以选择他，是因为我从来没有见过伊拉克人，对这个国家有些好奇。饭桌上巴齐尔沉默寡言，我尝试同他聊天，但他却始终只是微笑，只是几次说第二天要开车带我逛库姆城。

晚上回到家后，却发生了一些让我始料未及的事情。

11 点，我躺在客厅的沙发上睡不着，这时候巴齐尔走出来，靠近我的沙发说："进我的房间来睡吧，客厅冰箱很吵。"我毛骨悚然，装作困意十足的样子："客厅挺好的，我要睡了，你快回屋吧！""陪陪我吧，我觉得你很可爱，我非常喜欢你。不如多待几天吧！"我的肠子都在发抖，转念说："不行啊，我得赶路。我正在写书，沙发客这一章节里还会写你的故事呢！"巴齐尔执拗不过，转身回屋了。

我躺在漆黑客厅的沙发上，紧盯他的房门，只见他房间里灯一直亮着。我辗转反侧，各种不好的念头都闪现了出来。想走又走不了，已经是深夜，他家又在离城市 20 分钟车程的郊区；更没有办法报警，因为在伊朗，做沙发客是违法的，还不等警察抓他，我可能就被逮捕驱逐出境了。无奈之中，我取出包里随身携带的防狼喷雾，攥紧在睡袋里，一整夜都处于害怕又警惕的半睡半醒状态。

天还没亮，我就收拾好行李，等待巴齐尔起床。他从房间里走出来，神情不自然地说："我工作上有些急事，今天就不陪你逛库姆城了！"我开心得肠子都开成一朵花了，以最快的速度和他告别，冲下楼打车回到库姆城中。我咬紧嘴唇对自己说，以后找沙发主，一定要找好评多的，再也不能大意了。好奇害死猫啊！

沙发客的世界与外面的世界并无不同，我们在纷繁世界中如何保护自己，如何防人之心不可无，在沙发客里一样通用。如果仔细研读沙发客的个人资料，且合理使用信用评价系统，就不会陷于不安全的处境。

沙发客带给我的，并不是走过多少国家，遇见过多少人，而是在行走过程中带来的心灵成长。最初做沙发客时，虽然新鲜有趣，但也面临种种问题，生活习惯不一致还好，最难处理的是价值观不一致。那时的我，对活在自己世界里的吸毒者、今朝有酒今朝醉的嬉皮士、崇尚裸体的自然主义者、夜夜笙歌泡夜店的公子哥，和同时拥有多个伴侣的开放性关系拥有者，都抱有极大成见。每次遇到这类沙发客，都让我备感尴尬。

后来我便想，为何不放下成见与批判，用开放的心去聆听、认识、理解并包容他们呢？如同允许清风拂过面颊，如同允许微雨打在发梢。于是我尝试解开思维中的条条框框，放下固有的成见，将自己的价值观归零。一下子，沙发客的世界变得不一样了，我看到除了主流的活法之外，还有人这样思考、这样生活。我们看起来不同，但内心却有很多相似的渴望与追求。即使价值观不同，但依然可以做朋友，互相关爱。而我，也在他们身上学到很多，吸收了很多不可想象的能量。每个沙发客，都像我的一面镜子，帮助我更好地了解自己。在接触他们的过程中，我学着去观察自己的心，为何我会对某一种观念或者某一类人有所抗拒，是他们触动了我内心的哪块深渊？

这些沙发客，构成了我的大千世界，见得多，视野宽广之后，因生活中的鸡毛蒜皮而纠结的情形便少了许多，生活也简单了很多。

我不再轻信媒体报道，每日的凶杀、抢劫、强奸案盈满电视屏幕和报纸，让城市里充满信任危机。在沙发客的世界，善良的人随处可见，信任比比皆是，把家中钥匙留给沙发客都是很常见的事。

而我一直没有学会的，是微笑着面对聚散离别，我时常因离别而难过不已。然而在沙发客的世界里就是这样，与形形色色的陌生人相逢，全心全意地相处、相知，彼此给予温暖与鼓励，拥抱，祝福，道别，希望有缘再次相逢，然后各自前行。

chapter 08

带着家人去旅行

1 明信片的故事

爷爷为我取名为“一帆”，是为祝愿在我刚出生时就远赴科威特工作的爸爸一帆风顺。这果真成为一句有力量的祝福。两年后，伊拉克攻打科威特，海湾战争爆发。爸爸在硝烟战火中一路逃难到约旦，从那里总算平安回国。

渐渐地长大，识字后，我发现了一个宝藏，那是爸爸在科威特时给仍在襁褓中的我寄来的一张张明信片。明信片中的科威特，是一个纯白色的国度，建筑、车辆、行人的穿着都是白色的。爸爸告诉我，那里的夏天，气温直逼 50℃，出门的时候需要在头上蒙上湿毛巾。他时常会去近海潜水，用自制巨型叉捕捉乌贼，然后上岸烧烤。

长大后，开始游历东南亚各国时，我告知父母：“我热爱旅行，希望你们支持，于是我可以在你们面前做真实的自己，分享我真实的想法与生活。”他们倒也通达，只是再三叮嘱我要注意安全。而外婆外公每日关注电视新闻，看到的不是印度爆炸案就是泰国民众游行，心脏却悬在了嗓子眼里。

多年来，如爸爸在科威特时一样，我也渐渐养成了一个习惯：在到达的每个国家，都为父母、外婆外公和奶奶分别寄一张明信片。他们每个人，都认真保存了我寄回的四五十张明信片，奶奶更是把我的明信片制作成了精美的册子。我看到很多年前刚上路时的自己那稚嫩的文字与感悟时，颇有触动。

2 带着家人去旅行

常年在海外学习与工作的我，每次休年假时都会陷入两难：是回家探望父母还是背包旅行呢？突然转念一想，不如带着家人一起上路吧，这样便鱼和熊掌可以兼得。

几年前的新年期间，我邀爸爸来我的“东南亚第二故乡”——清迈旅行。我们租了一辆摩托车，爸爸像重回青春，肆无忌惮地带着我飞奔在清迈的大街小巷。我们还一起爬山，骑大象，探索山上的少数民族部落，也一起等待清迈城里的新年倒计时。在山林里的河流中玩白水漂流时，爸爸跌入了河中，狼狈地爬上船，却一脸骄傲地说：“瞧，我这身子骨还硬朗着呢！”在山上的小城派，我们还租了一间鱼塘旁边的茅草屋，我每天陪爸爸钓鱼，过他向往已久的简单悠闲的小日子。

在维也纳留学时，我小心试探老妈的口风：“要不要一起周游欧洲？”老妈终于心痒了。在我帮她准备好签证材料之后，

el Jimador
CRYSTAL
RESTAURANT
ARIS

她坚决不要中介高价代办，一句英文都不懂，却自己跑到北京西班牙大使馆，折腾出了一张申根签证。那时我暗自欣喜：不怕折腾的老妈绝对有背包客的潜质！

在希腊圣托里尼岛，我成功游说了老妈去火山上徒步，只为看传说中世间最美的落日。由于我没有提前做好功课，我们俩穿着拖鞋和裙子，头顶烈日，一路踏着陡峭的石子路穿越火山。在都市长大、毫无户外经验的老妈委屈地抱怨，她再也不要跟我吃这种苦了。然而在七小时后，当我们终于到达岛的另一端，看到

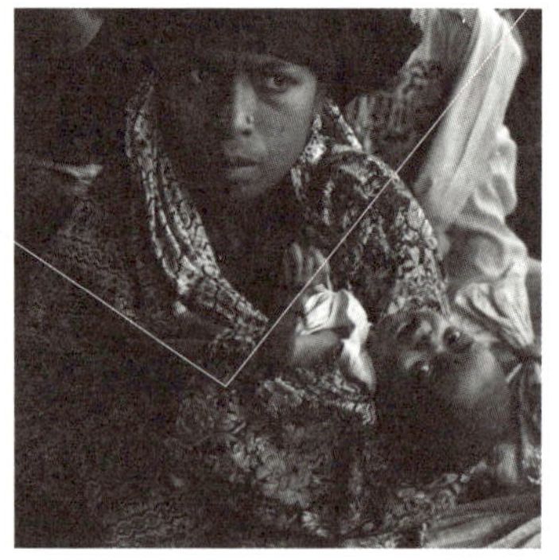

妈妈默视落日盛宴脸上露出微笑的那一刻，我知道，她从此踏上旅行的贼船，再也不会下来了。

我们到达巴塞罗那时，恰好是2010年世界杯总决赛，也是西班牙首次夺冠。我和妈妈被西班牙民众举国上下的疯狂感染，于是买了西班牙国旗披在身上，跟小酒吧里的本地人一起喝酒、狂欢、彻夜庆祝西班牙夺冠。那一夜，巴塞罗那无眠，西班牙无眠，我们两个伪球迷也无眠。

一个多月里，我和老妈先后去了欧洲六国。因为妈妈不懂英语，行程安排、旅途问题都需要由我来处理，而且我还要24小时跟她守在一起，加上我们的年龄代沟和兴趣爱好不同，这并非易事。然而我渐渐发现，妈妈在旅途中会展现出她在柴米油盐的日常生活中并没有显露的一面，这让我觉得新鲜又可爱，而我们交流的内容与在家中时也大不相同，于是我也越发喜欢上同妈妈一起经历欢乐与坎坷的在路上的时光。旅途中，我们彼此都变得更加宽容与谅解，我也学着承担更多责任。

金正日过世不久的那个春节，正当我四处寻找旅伴去朝鲜时，妈妈自告奋勇地要同我前去。朝鲜并没有开放自由行，只能跟团。临行前，朝鲜对随团游客的规定让我们心惊：不能携带手机、电脑和任何书刊；只能在经许可的地方拍照；不能兑换朝鲜货币；只能在对外商场购物、在对外饭店消费；不能同百姓交流对话。由于朝鲜有些像早期的中国，妈妈显得比我还要兴奋，迫不及待地想借此回忆她的童年时光。

我们从边境城市新义州乘火车前往首都平壤，居然是国内很多城市早就被淘汰了的绿皮火车。我们被圈在同一节车厢里，与本地百姓完全隔离开来。火车时走时停，两百多公里的路程开了八个多小时，妈妈惊呼："完全就是骑自行车的速度啊！"

到达平壤后，我们被安置在全国最高级的宾馆——羊角岛酒店里，并接受了指令：没有导游的陪同，绝不能出岛。电视上只有几个频道，总是循环播放歌颂金正日和金日成的歌曲。酒店里服务齐全，不仅有各种娱乐场所，甚至还有赌场。餐厅里的服务员，个个貌美如花，尽管天寒地冻，她们仍穿着美丽的传统服装，裙下只有一层丝袜。

平壤城平坦荒凉，车流稀疏，建筑庄严，整座城市被灰色笼罩，毫无色彩可言。街道上完全没有广告，只有红色标语，四处是金日成与金正日的肖像。百姓脸上武装着严肃，男人身着军大衣，女人身着灰黑色的长大衣。大街上时常有持枪警察，最吸引人眼球的却是马路中央的女交警。这里的交警全部是女性，个个年轻靓丽，英姿飒爽，清一色深蓝色制服。平壤城的地铁更是壮观，足足有一百多米深，据说一旦爆发战争，可以用作防空洞。在一所中学里，孩子们穿上传统服饰，为我们上演了一出表演，居然还有一曲《没有共产党就没有新中国》。寒风刺骨，女孩子却都穿着轻薄的裙子。

由于赶上春运，我们买不到回济南的火车票。种种周折过后，终于买到了两张铁路局补发的、国内最古老的、车型几近停运的火车票，而且是站票。车上没有暖气，水洒在地上五分钟便会结冰。年过半百的老妈，居然跟我一起在冰冷的车厢里站了十几个小时。我积蓄不多，舍不得买机票，还要让老妈跟我一起受罪；而快要冻成冰棍的老妈却笑呵呵地告诉我："这样的疯狂冒险真好，让我重过了一把青春！"

我甚至还拉妈妈上了沙发客的贼船，那是在孟加拉国。出发前，她办公室的同事打趣说："人家孩子都带着父母去新马泰豪华七日游，你闺女可真有意思，带你去孟加拉国苦难十日游！"

孟加拉非常封闭，几乎没有游客。沙发主毕洱是英国人，和我妈妈同岁，在

Moncloa
ESPAÑA

达卡的一间国际学校教书。他带我们去参观了他的学校，高端大气上档次，原来来这里就读的孩子，都来自当地最富有的人家，前一天希拉里刚刚来探访过。毕洱还带我们看了达卡城的另一面：参观了一家孤儿院和一所供穷人孩子免费读书的慈善小学，并向我们介绍了不少社会企业和公益组织。第一次做沙发客，妈妈兴奋不已："原来沙发客不只是睡沙发那么简单啊！"

我和妈妈来到吉大港，那是诺贝尔和平奖获得者、格莱珉银行的创建人尤努斯的故乡。我们投靠在一个本地人家中做沙发客，跟年轻的沙发主哈毕一家八口人住在一个屋檐下。孟加拉的妇女多数是家庭主妇，哈毕的妈妈热情又贤惠，不仅硬要把主人房让给我们，自己去住客人间，而且每天从早忙到晚，为我们准备丰盛的三餐，甚至还有下午茶。一次我和妈妈去餐馆晚餐，回家时哈毕妈妈很是失落："是不是觉得家里的饭不合口味？"我们备感内疚，发誓绝无下例。虽然我们语言不通，我要把妈妈的话翻译成英文，哈毕再翻译成本地语言给他妈妈，但大家却相处得很愉快，每天一起吃饭，上街购物，参加亲友聚会，俨然是一个大家庭。哈毕家并不富裕，他妈妈却在临走时，红着眼睛塞给我一对精美的珍珠耳环，我感动得拥抱了她好久。

一天，我带妈妈来到孟加拉北部的热带雨林里徒步。大雨倾盆，我们好几次都差点从独木桥上坠落。回到宾馆后，浴室里忽然传来妈妈的惊声尖叫，我破门而入，只见她腿上到处都是吸血后涨得像拇指一样大的水蛭。我连忙取来打火机，将水蛭一只只地烤下来，血溅当场。妈妈的腿上血流不止，吓得她魂飞魄散，我迅速用创可贴包扎好每个伤口。第二天给伤口换创可贴时，血还是流个不停。那是妈妈第一次见水蛭，她满脸痛苦地说："不玩了，不玩了！这把老骨头，以后真不能跟你们年轻人一起玩了！"

事实上她只是说笑而已，在我重走丝绸之路时，邀她加入新疆部分，她再次心动，陪我完成了丝绸之路上的最后一程。

在乌鲁木齐，沙发主美国女孩安蕊因家中装修，不能够接待我和妈妈，但她主动邀请我们出来喝咖啡。她在中国生活多年，即将去美国进修中国语言文学博士，未婚夫是一名中国摄影师。安蕊不仅普通话讲得流利，更能操一口维吾尔语带我们遍寻街边小吃与参观老城区。让一个美国女孩在中国的城市做我们的导游，实在是奇异又有趣！我们还一起去住青年旅馆的女生宿舍，妈妈感慨万千，原来自己背包跑出来旅行的勇敢女孩还不少呢！

3 父母的爱

一年前，我小心翼翼地向父母提出辞职去旅行的想法。爸爸干脆得很：“趁年轻，做你爱做的事去吧！”倒是妈妈，沉默了半晌后问我：“再等两年好不好，那时候老妈就退休了，可以跟你结个伴呢！”我在原地愣了许久，默默地想，有这样的爸妈，真好。当天晚上，妈妈又打来电话：“路上别太省了，钱花完了不要紧，老妈又不是养不起你。”

在人生的道路上摸爬滚打时，我常会觉得一切都是暂时的、变化的，没有什么属于永恒。然而父母的爱，始终是在纷繁凌乱的大千世界里，最无私、最美好的情感。

我一直觉得，父母的爱，不是要求孩子做什么工作、过怎样的生活，而是只要孩子生活得开心，他们就知足了。我常会感慨自己的幸运，能够赢来父母的理解与支持，能够同他们一起分享在路上的美好时光，我千金不换。

这些年来，无论我做什么，对也好，错也罢，背后总有股支撑的力量。在我父母的字典里，有认可、赞许、支持与鼓励；也有不支持，不鼓励：“但你自己做决定。”当我走偏了、走错了、受伤了，回到家中，他们还会默默地站在我身旁，从不会说："早知道你该听我的了吧。"我想，这是父母送给我的最好的礼物，想飞多高就飞多高，从不怕跌下来。因为我知道，即使有跌下来的一天，他们还会在原地等着我，对我说："孩子，咱们回家！"

chapter 09

我在万佛之都遇见你

1 2011年4月6日，天气晴，我在赤道小岛，你在哪里（新加坡）

傍晚闺密来电，约我去寿司店共进晚餐。最近感情不顺，我倒也乐意去散散心。坐在寿司店里点菜，闺密却一直向店门口张望。突然她眼睛亮起来，笑成一条线，指着门口要我看：一个戴老虎面具、手中拎着一串血红色项链的人迈进了寿司店。我正惊讶，此虎人却径直走到我们桌前，把项链平摊在桌面上，紧靠着我坐了下来。

我下意识地移开身体，紧张地盯着他看。这人是谁？我脑海里连个可能的选项都没有。对方缓缓地摘下面具，天哪，是杰西！我怔住了。可是，他早就回了美国，怎么会在新加坡？我脑海中顿时开始时空翻转。

两个月前杰西回到美国，我们之间的物理距离由马来西亚陆路国，变成了浩瀚无际的太平洋，于是我们正式步入了异地恋。因为时差缘故，大多靠邮件通讯。我们谁都不敢问："什么时候再见？"我穷得叮当响，他贷款读书多年，更是一屁股债。

“过来加州，找一家餐馆打工吧！”每次杰西说到此，我就会被隐隐地刺痛。在杰西看来，生活是件简单的事情，自己过得快乐就好。在美国，年轻人端盘子很常见，是份薪水还不错的工作。可我在精英文化中长大，一路辛苦拼搏才拿到一份好工作，早知去端盘子，还念什么大学。杰西又不想离开加州，他想在那里开中医诊所。于是，我们既无法解决远隔一片大洋的问题，又平添了几座冰山。

有时我们说服不了彼此，便会执拗地冷战，而冷战又常常以杰西发给我的诗体邮件告终。一次冷战过后，我收到一个 YouTube 链接，居然是他抱着吉他弹唱自己写的歌。歌词大意是：相逢不易，快看看窗外的阳光，深呼一口气，何必为了小事而烦心！

两天前杰西再次劝我放弃新加坡的工作，来加州。我一下子情绪爆发：“你连自己都养活不了，还异地，想见一面，我们却连机票钱都买不起。这段感情真的好辛苦……”电话那头，杰西半天没吭气。放下电话后，我意识到自己没按捺住坏脾气，话说重了，懊恼地哭了起来。

第二天杰西发邮件给我，说他要跟朋友去山里野营五天，山里没信号，暂时不联系了。不是刚找到一份临时工作，总算能养活自己，怎么又要去山中野营？有时我真的觉得，当初他身上吸引我的，天性浪漫、洒脱、自由与出世，却在现实中磨得我皮开肉绽。

此时此地，没错，是杰西。他在新加坡，和我在一起。

我的眼泪划过面颊：“不是说在山里吗……”杰西大笑不止：“这你都信……”然后他把红如血肉的项链捧给我：“这是印度的红玉髓，古人称它为‘第三只眼’，会为你带来力量。”他又凑到我耳根上，轻声道：“我就是想要你知道，即使没钱，我们还是可以在一起……我们相爱的时候，没有理由，现在怎么会冒出这么多分开的理由呢？”

瞬间，记忆如汪洋般涌来。

2 早安，缅甸（缅甸）

缅甸在我心里酝酿已久，那是英勇无畏的精神领袖、诺贝尔和平奖获得者昂山素季的国度，是有贴满金箔纸、闪闪发光的佛塔的国度，是有危险的层峦叠嶂的毒品生产地金三角的国度。偶然看到廉价航空公司飞仰光的打折机票，我当机立断买了下来，并在网上找到三个旅伴同行。

踏入这片国土的第二天，我就已经被它的柔、慢和圣深深地浸染了。这里90%的居民都信奉南传上部座佛教，每个男孩子都要接受剃度，出家一段时间，然后再选择是否还俗。百姓乐善好施，路人脸上也总是挂着浅浅的微笑。我一直觉得，信佛的国家，人心都不会太坏。我格外喜欢街头穿布裙（Sarong）的男人，一个国家连男人都穿迈不开腿的长裙的话，想必是没有危险，也没有什么事情需要赶时间的。街头随处可见赤脚、身着袈裟且神情专注的出家人，给仰光城蒙上了一层静谧与安宁。

凌晨4点，在夜巴士上正睡得迷迷糊糊的我们被司机喊了起来："曼德勒到了！"我们强打起精神，整顿好行李，下车时看到站台上有两个年轻的外国男孩，他们手捧《孤独星球》旅行攻略，像是在研究住处。救星来了！我厚着脸皮上前搭讪："你们是在找旅馆吗？我们的旅行攻略书丢了，可以一起吗？"

去往旅馆的路上，我跟在两人身后，仔细地端详着他们。他们穿得很干净简单，各背一个破旧不堪的背包，走路平缓轻柔，完全没有如我这般来到一座新城市时的兴奋。攀谈后得知，他们来自美国，面目清秀、皮肤白皙些的是杰西，他笑起来很温和，眼睛碧蓝而清澈。浅棕色皮肤的大男孩叫丹，中美混血，较为沉默，说话低沉简短，走路目不斜视，完全沉浸在自己的世界里。

我们住进了同一家旅馆。安顿好后，杰西提议看日出，大家的困意已在奔波中耗尽，于是欣然而应。天还未亮，我们在空无一人的巷子里穿梭来去，只为寻找一个合适的高点，等待日出。赶路中，我跟杰西聊起来，他和丹都是中医师，或者是自然治疗师（Healer）。他们是泛神论者，信仰宇宙与自然，喜欢佛道哲学，但并非传统意义上的信徒。

杰西来自芝加哥周边的一个小镇，大学毕业后做了几年销售和市场营销，后辞去工作来到亚洲，看看小时候向往的东方世界。他在泰国曼谷做了两年英语老师，那期间，他认识了一些自然理疗师和灵修老师，接触了一些佛道，并开始对中医产生了兴趣。回到美国之后，他去了加州一所四年制的中医学院学习中医，主修针灸。几个月前他刚刚毕业，来到泰国清迈学习泰式腹部推拿治疗。

惜字如金的丹，是杰西的挚友，哈佛大学毕业，从事过两份白领工作，后来接触了中医与道佛，在同一所中医学院就读时认识了杰西。丹即将毕业，假期里刚刚完成了在仰光一所佛学院为期三个月的闭关冥想。期间他只离开过寺院两次，只为去网吧给他的未婚妻写邮件。现在丹和杰西一起背包旅行，还计划着去山里继续闭关。“别怪丹太沉默，他三个月没说过话了。”杰西好心地提醒。

我们在高塔的顶端，在围栏前站成一排，沉默地俯视着曼德勒古城，静候着日出。红橙色的朝霞柔和地随着太阳升起，黎明给这座浅灰色的城市轻轻的爱抚。这座城市似乎没有脾气。

沿路返回时，路上已有了些清晨才有的清爽的喧嚣。街上随处可见身着袈裟、手托瓦钵的僧人，他们排成一队，正前往百姓家中化缘，俨然成为街头一道美丽的风景。

早餐过后，我们告别了杰西和丹，一整天都在古城的青石大街上闲逛。傍晚时分，旅伴提议去曼德勒山上看日落。曼德勒山是著名的佛教圣地，就连曼德勒城，这个几代缅甸王朝的首都，都是以这座山命名的。我们缓缓爬上 1700 多级台阶，经过几间寺院，终于抵达山顶。伊洛瓦底江在城市一旁斜穿而过，清风拂过，惬意极了。

“杰西！丹！”旅伴指向小广场的另一端，原来杰西和丹也在这里，于是我们轻快地前去打招呼。这时杰西抬头望望太阳：“现在差不多要 5 点了吧，离日落大概还有 40 分钟。”看看表，果不其然，我惊讶不已：“你怎么知道的？”杰西微笑：“古人都有观太阳知时间的能力啊，不过是我们现代人退化了。”

杰西告诉我，他在清迈学习的腹部治疗叫作 Chi Nei Tsang（气内脏），同气功一脉相承。据说气内脏起源于中国古代道家传统，许多道士用此来排毒和提高气的质量，曾流传于古代皇家和各个道观，而今在中国却已绝迹。杰西的老师是来自泰国北部的枯绮，她有一所自己的泰式治疗学院，教授推拿、瑜伽和气功等课程，也是她把禅修和传统医药学带入了杰西的生活。

“还不快来，太阳马上就要落山了！”旅伴在一旁喊我和杰西过去。再次望向天边时，云霞映着地平线上的落日，酡红如醉。片刻过后，西天的最后一抹晚霞融进冥冥的暮色中，群山呈现出青黛色的轮廓，大地一片混沌。险些就错过了这场爬了 1700 个阶梯后的盛筵。

我们在暮色中摸下了山，在街头的露天小餐馆里点了几个菜，坐了下来。菜上了桌，我和旅伴正要兴高采烈地开动，却见杰西默默闭上眼睛，双手合十低下头。我被这种手掌合十的沉静所吸引，静静等待他抬起头。“你在祷告？”我轻声问他。杰西点了点头：“嗯，为这些食物祷告。这些菜与肉即将进入我们体中，感谢这些生灵来滋养我们的身体。”

回到旅舍，我们商议决定第二天一起去缅甸的佛教圣地实皆城。据说城外的实皆山上，林林总总共有六百多间佛寺，而杰西和丹想在那里找个山洞闭关。

3 永远心疼做过的梦（缅甸）

清晨我们坐上了开往实皆城的小型卡车。开到伊洛瓦底江边时，一座十六拱桥将曼德勒和实皆城相连，对岸青翠的山冈上塔寺林立，想必就是实皆山了。

整座小城只有两家旅馆。“去幸福旅馆多少钱？”旅伴问一个三轮机车的师傅。“20000元缅币，”师傅眼睛都不眨一下。什么？一共就十几分钟车程，折合人民币要150，欺人太甚。“那你说多少？”师傅见我不应，立即软了下来，杰西在一旁回应道：“3000缅币走吗？”“走！”师傅痛快地答应了。

办入住手续时，我不解地问杰西：“干吗还乘那人的车啊，他漫天要价，简直就是诈骗！”我实在不喜欢欺负外地旅客的小商贩，每次跟他们斗智斗勇，都弄得我精疲力尽。杰西看我气鼓鼓的样子笑了起来：“我不觉得是诈骗啊，你不同意就协商嘛。再说你看那师傅穿得多破，要是真赚一笔，今晚回家的时候，老婆孩子得多高兴啊，说不定都能吃上丰盛的晚餐了！”

实皆城盛产吉他，到房间里安顿好后，我们一起去寻找山脚下的吉他铺子。

途中，杰西同路上脏兮兮的小狗还打起了招呼，把它捧在手上。它看起来病怏怏的，眼睛上长满红色的异物。步行许久，远远地望见几座木屋的房檐上横七竖八地挂着一些吉他，门前的草地上，也躺着一些没有加工好的吉他架子。杰西兴奋地同做吉他的工人聊起了工序、漆色和木质，又捧起一把刚加工好的吉他在长椅上坐下来，琴弦间流淌的旋律映着天边的云霞，美极了。

回家途中，我同杰西讲起手工做吉他的李宗盛，他的真诚与身心两忘的专注总能打动我。我还告诉杰西，上学时老师常常问起，长大后你想做什么？同学们有的想做科学家改变世界，有的立志做医生救死扶伤；而我，却只想做个流浪旅人，向世界各角落的音乐人学习不同的乐器，然后在山里过竹林七贤的生活，与自然、音乐和诗歌相伴。可我不敢告诉老师，因为老师说成绩不好的同学才会去搞艺术；竹林七贤也只是我一个永远实现不了的梦。

杰西兴奋地告诉我，他也喜欢竹林七贤，也向往那样的生活。在加州，他住在山坡上的圆形房屋中。他们的房屋主人从小就梦想建立一座圆形房屋，终于在长大后实现了这个愿望。杰西的室友，有气功学生、瑜伽老师、占星学家和药用植物专家。房屋中央圆形的大客厅里，有非洲鼓和中东弦琴等很多乐器，大家时常一起玩音乐、唱歌和写诗。客厅周围排列一圈的小卧室，分别被漆成不同的颜色。后面的花园里种植甘蓝等有机蔬菜和一些药用植物。每天午餐过后，大家会躺在院子里的亭台上，赤身裸体地晒太阳，连家中的猫也会来凑热闹。他们还常在清晨时分去山上泡温泉，有时晚上也会在那里露营。

而他最大的梦想，就是在山林里建立一个社区，种植有机蔬菜，建造自然房屋（Natural Building），城市里的人随时可以来短期或者长期居住。他们会提供身体和精神的治疗，也会设置一些瑜伽、冥想、草药使用的工作坊。说到梦想，他的眼睛里闪烁着光芒。

第二日清晨，我们六人爬上了实皆山，在中央寺院前暂时告别：杰西和丹去寻找可以闭关的有山洞的寺院，我们四人分头转转。杰西和丹的背影在寺院外的高树曲径中消失，不远处寺院的几声钟响让山林显得更加静谧。而我，形单影只得有些不习惯。

三小时后大家如约相见时，杰西和丹已找到闭关寺庙。因为要改签机票，杰西要同我们一起返回曼德勒再回来这里。丹已将行李留在寺院，现来同我们告别。他如往常般沉默与神秘，道别后便转身离开了。

4 乌本桥上的飞翔（缅甸）

在回曼德勒的路上，我们在乌本桥稍作停留看日落。

乌本桥是世界上最长的柚木桥，走到桥的另一端需要 20 分钟。桥下的浅滩、远处的枯树与孤舟，颇有些枯藤老树昏鸦的味道。过往行人很多，大多是僧人，无一丝喧哗。我们仿佛置身于一幅水墨山水画中。

蹲在桥头的是一位手提两只鸟笼的妇人，一只笼中有只小鹰，另一只笼里有只小猫头鹰。她并不吆喝，看我们走过来，静静地望着我们。“卖的还是放生的？”杰西问她。“放生。猫头鹰 5 美金，鹰 20 美金。”杰西转头问我：“愿不愿意帮个忙，你放生猫头鹰，我放生鹰？”

杰西捧起小鹰站在桥边：“鹰是我祖母最喜爱的动物，她九十多岁了，收集各种鹰的雕塑。她说鹰是最自由的，属于天空。我常会买些鹰的雕塑给她。”杰西静静地看着这只小鹰，松开了手。小鹰伸展着稚嫩却不乏力量的翅膀，猛地扎进天空，飞远了。

我手中紧握的猫头鹰让我有些不习惯，这是我第一次触摸猫头鹰。它看似弱不禁风，不知是否真的可以飞起来。我注视着它的眼睛，浑圆而深邃。我松开它腿上的线后，它用力地扑闪了几下翅膀，飞到旁边的高树枝上站住了，怔怔地望着我们。我凝视着它，眼睛湿润了，默默地说：“不要回来。”

片刻后，我侧身问杰西："你是知道的吧？它们明天还是会被抓回来，那些人都是以此谋生的……我们这算是助纣为虐吗？"杰西摇了摇头："不过也许它真的就获得自由，不再回来了。即使明天又被捉回来，至少它也曾拥有片刻的自由。至少在刚才那一瞬间，我们看着它飞回天空，回家了。世间太多事情我们都无能为力，尽力便好了。"我想起曾和好友谈论过的话题：看到路边的乞丐，要给钱吗？给，他可能就是懒，不想工作，靠这样的生活可以过得不错；不给，他可能真的穷，真的需要帮助。世间哪有这么多对与错？

近处，湛蓝的湖水渐渐让位给霞光的金黄色；远处，夕阳燃烧，枯树更加坚挺，孤船越发独立，一切静谧如初。

当太阳在地平线上消失之时，杰西缓缓地在柚木桥边坐了下来，仰头问我："传说中美丽的乌本桥日落如你期待吗？"我摇摇头，又微笑着点了点头。

杰西又问："那你觉得什么最美呢？"

我想了想，回答说："永恒的事物、美丽的星球，执子之手与子偕老的感情，改变世界的被历史铭记的人们。"

杰西笑了，说："难道你不知道，世界上没有永恒，唯一不变的就是变化本身吗？"

我们聊起人生、困惑、梦想、世界、大地与星空。他的皮肤和眼睛的颜色带给我的距离感，顷刻间消失了。三个旅伴泛舟回来，大赞江面景色之美，我和杰西对视笑笑："这里景色也很美。"

回到曼德勒，我们买好了第二天清晨去蒲甘的船票，然后同杰西共进最后的晚餐。饭后我们找到一家茶馆，继续坐下来聊天。旅伴提议玩真心话大冒险，各种变态问题接踵而至，尴尬与笑声不断。轮到我发问时，我邪念一起："你们最近一个月是否对某个异性动过心？"旅伴们相继回答，轮到杰西，他微笑着说有。我心中微颤，镇定地将思绪拉回来，小声说："我也有。"

回家路上，我再三劝说杰西同我们一起继续旅行。他犹豫再三，还是拒绝说他已答应丹在山上闭关。“打个电话解释一下吧！”杰西大笑：“我们哪会有手机！”我看着像从古代穿梭来的杰西，不得不放弃。

深夜的大街上，我们拥抱杰西道别。我拖着沉重的身体，一声不吭地跟在旅伴们身后，回到了旅馆。

清晨的码头上，我隐约觉得杰西会来送我们。我直勾勾地望了码头很久，他的身影还是没有出现。“一帆，你给我醒醒！”我心中一直住着一个小人，我叫她阿萨，她站出来拼命跺脚喊我的名字，震得我五脏翻腾。我回过神来，匆忙地上了船，又在恍惚中睡去。醒来时身上披着旅伴的外套，已到蒲甘。

5 我们的心中都住了一个小孩（缅甸）

蒲甘城曾是辉煌的蒲甘国国都，出门见佛塔，步步见菩萨。我们租了自行车，骑骑停停，走访了不少古寺。傍晚，我们登上一座高塔等待日落，这与我的理想生活已如此接近，可我心中却有种挥之不去的失落。不知再次遇见杰西会是何时，还是说同大多数路上遇见的旅人一样，一别就是永远。

晚餐桌上，旅伴们正在讨论接下来的行程，我却心不在焉："我可能想回去曼德勒……"旅伴大惊："啊！去做什么？"我支支吾吾，不知道该如何回答。"我才不信你，我打赌这是个玩笑！"

晚餐过后我默默走下楼，在前台订了一张第二天早上回曼德勒的车票。我身体里的小人阿萨再次跺脚喊着我的名字："一帆一帆，你在干吗呀！"我说阿萨，你就让我由着性子一次吧。大家见我拿着车票走进屋，惊了半晌："你是认真的啊！"我点了点头，想好好地跟他们解释和道歉，却不知从何说起。晚餐过后的三国杀，却变成了我的饯别酒会。

天刚蒙蒙亮，大家还在沉睡中，我的床头多了一张字条，是其中一位旅伴写给我的："我看得出你的心意，愿你回曼德勒一程顺利。"一阵暖流划过。

路旁，三个旅伴目送我上了车，挥手迟迟没有离去。九个小时的车程，我心怀离队的愧疚，形单影只地欣赏着一路的风景和擦肩而过的百姓，至于将如何在实皆山上的几百座庙中找到杰西，我毫无头绪。

到达曼德勒后，我又坐上小型卡车前往实皆城，然后坐摩托车上山。傍晚时分，终于辗转来到实皆山上道别丹的那座中央寺庙。这时太阳已落山，庙宇外面没有路灯，曲径仅靠晚霞微微照亮，无一过往车辆。为何要如此心急地上山呢?还不如在山下的旅馆里安全过一夜再说，我开始埋怨自己。借着霞光我一路穿越几条小径，越走越深，见一拱门上写着一串英文，包括 AMERICA（美国）一词，杰西来自美国，也许会有关联！我沿着长廊走了进去，是一间寺院，大门紧锁。

敲开门，迎接我的是一位粉衣僧尼，她听不懂英文，于是招呼我进去。一个中年人站在一位老僧人旁，笑眯眯地向我解释说："这位是寺院方丈。我是桥滴，和夫人一起带家中老人来镇上看病，在这里借宿。这里只有我会讲英文，有事跟我说吧！"我解释说自己在找两个美国朋友，在一间寺院闭关，大家摇了摇头。别无他法，我只得厚着脸皮请求借宿，方丈倒是爽快地答应了。方丈又提出帮我去附近的寺院找寻杰西和丹，他们很快就出发了。

一位面色红润的僧尼为我安排住宿。她带我走进卧室，友好地说："我叫舒蕊，很高兴认识你！"我和舒蕊一个房间，屋里简单质朴，摆放着两张床和一个衣柜。东西不多，洁净有序。

舒蕊又带我来到后院的餐厅，桥滴一家人在餐桌旁招呼我。"她们不吃？"我指着身旁几个端菜的僧尼问桥滴。"不，她们过午不食。烧菜只是为了接待我们。"一道道菜端上桌来，丰盛且精致，完全超乎我的期待。我猜测桥滴是什么人物，于是试探性地问他。"才不是！对任何客人，寺院都会如此般接待。"桥滴微笑回答。

方丈回来了，他失落地摇摇头："没找到。"我笑笑，已是格外感激。回到房间，舒蕊递给我几本书，是英文版的佛教丛书。夜晚的寺院格外幽静，我躺在床上看了会儿书，心中格外宁静。其实，就这样住下来不也挺好的?

天还未亮，我在舒蕊的诵经声中醒来。她一身粉衣，盘腿坐在床头，闭目喃喃地念着佛经。我并没有如往常般忙着看表，就这样静躺着听她诵经，生怕发出一丝声音，搅乱那一刻的静谧。诵经过后，舒蕊站起身，看到我醒着:“早上好！”我微笑回应，看看表，清晨4点半。门外，院子里仍灰蒙蒙一片。万籁此俱寂，唯闻钟磬音。

来餐厅用餐时几道菜都已摆好，一起用餐的还有桥滴一家。我看着舒蕊往后院走去，完全没有坐下同我们一起用餐的意思，于是转身走去厨房想一探究竟。

破旧黑漆漆的角落里，几位粉衣僧尼正蹲着吃饭。她们大清早准备饭菜给客人，自己却窝在厨房角落里进食。见我走来，她们有说有笑地迎了上来，用磕磕绊绊的英语尝试着跟我聊天，交流不畅就握住我的手、搂着我的肩，捧着肚子哈哈大笑。这是我第一次近距离接触僧尼，完全打破了她们在我心目中的神圣形象。我心目中的尼姑，要么就是《笑傲江湖》中身手了得的恒山派师太，要么就是情感不顺后看破红尘、削发为尼、每日表情严肃闭目打坐的女子。眼前这些热情亲切、笑声爽朗、不拘小节的僧尼，实在让我喜欢得不得了。

用餐过后，桥滴邀我同他们一家人出门散步，我心中毫无寻找杰西的方案，便应了。再次来到中央佛寺，寺外大理石地板反射着刺眼的阳光，游人络绎不绝，烧香，拜佛，祷告。佛陀于我，更像智者，他总能让我遇见更加沉静与觉醒的自己。而今我跪下闭上眼睛时，一个声音问我，既已千里迢迢到来，不要去找找看吗?我心中一惊，没错，我怕遗憾。于是我转身找到桥滴一家，致歉说我要去寻找朋友，临时告了别。

6 疯狂又华丽的冒险（缅甸）

实皆山上星罗密布着六百多间寺院，要怎么找呢？我沿着山路边走边愁，但凡看到寺院，我都会上前打听。这里没有人懂英语，每次询问我都只能用最简单的英文词汇，再加上肢体语言，如做法事一般。大多数出家人都会友好耐心地看完这则莫名其妙的寻人启事，然后摇摇头，摆摆手。我还路过了一些尼姑小学和小和尚学院，一路上妙事横生，心情倒也不沉重。然而上坡下坡了几十回后，我开始有些垂头丧气。我看着表对自己说，12 点为期限，找不到就回家。

再次走进一间寺院，老和尚介绍自己叫栖龙。我手舞足蹈地再次表演了这则法事般的寻人启事，他听后带我走进寺院，指着高处的山洞说：“山洞，有，有！”我爬上去一看，三个不大不小的山洞，打开木门后全部空无一人。我失落地摇摇头，再次表演了一遍法事，栖龙恍然大悟：“是有两个美国人前几天来过，但是转去另一间寺院了。”他挥手叫来一个六七岁的小和尚，向他嘀咕了几句，转身对我说：“跟着他，他会带你去。”我深鞠一躬，差点没有按捺住喜悦之情、而给栖龙一个大大的拥抱。

小和尚生得浓眉大眼，却一脸严肃。他健步如飞，毫不费力地带着我在蜿蜒的山间小路穿梭。我气喘吁吁地跟在后面，不管喊“你叫什么名字啊”“还要多久啊”，还是“拜托你，慢点啊”，始终是对牛弹琴，他还是板着脸带我匆匆赶路。过了许久，我绝望地大喊一句：“喂，你说句话好不好啊？”就见小和尚手指着一座寺庙，怔怔地看着我。“这里？”我问他。他用力点点头，迅速鞠了一躬，转身一路小跑，在我的视线中消失了。我望着他背影消失的方向，大声地喊道：“谢——谢——！”

敲开寺院的门，迎接我的是位干瘦的老僧人。还没来得及解释，丹就从他身后走了出来，惊讶地看着我。我不知该如何解释，他微微一笑，快步回了房间，和杰西一起走了出来。杰西很是诧异，丹连忙打破僵硬的空气：“来得正是时候，我们正要吃饭，一起吧。”这是我经历过的最煎熬的一顿饭，沉默又漫长得可怕，我甚至不记得自己吃了些什么。丹倒是比以往开朗了许多，讲述他们闭关和山洞里的情况，甚至还有可怕的蜘蛛网。杰西只是在一旁默默微笑。

饭后我们去水池边刷碗，我偷偷观察着杰西的神色，看不出半点喜悦。我平静地告诉他们我要回去了。杰西问我：“送送你吧！”“不用了，我知道路的。”我爽快地答道，只想快些离开这里，杰西没再坚持。

其实我并不知道回家的路。原本我就是个路痴，更何况刚刚在山中转来转去，早就迷失了方向。眼前的路越发偏僻，完全就是荒郊野岭。我有些后悔没让杰西送，再加上纠缠的种种情绪，刹那间眼泪不争气地哗哗往下坠。我索性一屁股瘫坐在路边，痛快地哭了一场。

片刻后，远处一辆摩托车向我驶来。我兴奋地挥手，车上的夫妇连忙停下车，笑呵呵地问我：“去哪儿？”“中央寺院。”我居然连借宿的尼姑庵名都记不起。我们飞速在山间穿梭，任山风吹打着我湿润的面颊，又沙又痒。四周一片青山白云，我这才意识到刚才迷路的这一程，风景如此优美。夫妇送我到寺院门口，执意不肯收钱：“不不，我们只是山里的居民。”说着便驶远了。我一路摸索回到了尼姑庵，僧尼们有说有笑，我一下子回过神，好庆幸收获了另一种喜悦。

日暮降至，望着天边逐渐染红的晚霞，我有些心神不宁。原本只是为了告诉杰西自己的心意而已，怎么就被分外的期待打败了？

一贯的纠结，我决定再次出发去找杰西。再一次寻路、问路与迷路，再一次走回了栖龙的寺院。栖龙有些惊讶，但还是亲自带路，去杰西所在的寺院。天很快就黑了，他拿出手电，一路引我来到那间寺院门口。“我在这里等你，要不一会儿你孤身一人回不去。”栖龙笑眯眯地看着我。

开门的老方丈一脸严肃：“日落之后，女性不能入内，男性不能出寺，这是这里的规矩。”栖龙在一旁向方丈解释，方丈才肯放行。再次见到杰西，我支支吾吾地问他：“能跟你说说话吗？”“跟我去上面的亭子吧。”杰西一如往常，闪动着他碧蓝色的大眼睛。我们一路沿台阶爬到了小亭子里，找了条长椅坐了下来。

沉默了半晌，我终于鼓足勇气：“我是想告诉你，临别前真心话大冒险时，那个让我动心的男孩是你。”杰西忽地笑了起来：“噢，是吗？那真巧，让我动心的那个女孩子，是你。”我惊呆了，半天没吐出一句话来。“不过对不起，我已经决定在这里闭关……而且我们不能聊太久，方丈很严格……日落之后我们不能出寺，所以我也没办法送你……不如这样，明天中午 12 点，我们在十字路口的茶铺一起喝个茶吧！”

回到寺院门口，我一脸灿烂笑容地看向栖龙：“我们可以回家啦！”栖龙见我突然间如此轻松，一下子也笑了起来。

栖龙打着手电，一路送我回家。到了离尼姑庵不远的地方，我执意让他先回去。他执拗不过，于是一把把手电塞给我，转身离开了。真不知道他一路摸黑，怎么回得去。从我身边经过的每一个本地人，都好心问我是否迷了路，想送我回家。“一帆！”当拒绝并告别第三个要送我回家的路人之后，我听到有人喊我的名字。转身一看，原来是栖龙。他眼神恳切又充满担心：“我还是不放心。既然都走到这儿了，还是让我送你到家吧！”

终于到了尼姑庵门前的长廊，栖龙对我说：“只能送到这里了，日落之后不可以拜访。”他又把手电硬塞给我。长廊不过50米，他却怎么都不肯让我摸黑。望着栖龙离去的背影，年迈又蹒跚，我在原地站了很久。

那一夜我睡得特别安宁，梦里都在笑。

7 让我跟你走（缅甸）

如往常般，我在舒蕊平和的喃喃经声里醒来。门外的扫地婆婆在清扫院子，她时常会停手，把地面上的小昆虫轻轻捧去草地上，然后再继续清扫。

早餐过后我去市场买了水果，一路走回栖龙的寺院。我将水果同手电一同交给栖龙。他眼神里流露着慈祥，微笑不语，似乎明白了在我身上发生的一切。

我早早来到了同杰西相约的茶铺，点了一杯茶，静静地看书。再次抬起头时，杰西正背着他那大大的登山包，朝我的方向走来。“你这是？”我一脸疑惑。

“我决定跟你走。”杰西一如既往平和地微笑。

“你不是在闭关吗？”我惊喜亦不解。

“我只是很好奇，在我们之间会有怎样的可能性，”他顿了顿，继续说道，“其实，老方丈对你过来有些不满，我怎样道歉都没有用。今天一早，他就指着一只破了的碗，硬说是我摔的，我怎么解释他都不听。也许我同这里缘分已尽……或者这只是个借口……”

我们一起回到尼姑庵，拥抱告别了每位僧尼。虽然只有两天时间，我却觉得这里就像我的家，一个虽不能用语言交流，却也宁静祥和、相亲相爱的家。

我们决定回仰光，度过在缅甸的最后时光。去仰光的夜车上，我和杰西一夜未眠，毫不遮掩兴奋之情地聊天。他一改平静温柔的常态，无休止地问我："山上这么多寺庙，你是怎么找到我的？""如果找不到我，你会怎么办？""如果我说让我动心的女孩不是你，你会怎么办？"谈论起我在几百座佛寺的山中遍寻他的历程，我自己都惊诧不已，我居然做得出如此出格的事情。

在仰光，我们随性地跳上任何公共汽车，到城市里不知名的角落下车，随意地走，肆意地逛，吃街边小吃，跟陌生的路人打招呼聊天，然后再跳上另一辆公共汽车。看到前来乞讨的小孩，杰西还会牵起他的手，转着圈跳舞。我们时常聊天投入至旁若无人，也会相视无言地靠在一起看日落。我不知道该怎样定义这种情感，我们不谈论明天，只觉得当下足矣。

仰光机场里，我趴在杰西的肩膀上流了几行眼泪，没有任何承诺地道了声再见。

8 “我们在一起吧！”（新加坡 vs 泰国）

缅甸之行过后，我回了新加坡，杰西回了清迈。无数封邮件和电话过后杰西说：“我们在一起吧！”

我们是如此相似：渴望做简单而纯粹的人；努力倾听内心的声音，做自己喜欢的事情；音乐、旅行与自由流淌在我们的血液里；热爱生命与自然，又对未知充满了好奇。

而我们又是如此不同：一双蓝眼睛，一双黑眼睛；一个生长于自由开放的西方，一个生长于含蓄传统的东方；一个可以不顾一切地享受自由，哪怕去流浪，一个是独生女，身上压着未来赡养父母的责任；一个将回美国，一个留在新加坡，中间隔着一汪太平洋。

我的心里直打鼓：“杰西，你到底喜欢我什么？”

“我喜欢你像个长不大的孩子，对世界和人类充满好奇，总有问不完的问题，又对无限可能性的未知无所畏惧。

“我喜欢你待人真诚，见人第一面就把人家当自己人看。

“我喜欢你爽朗的笑声，那么放肆，一笑起来就忘记了一切！还喜欢你开玩笑，每次玩笑没开完，自己就笑趴下了。

“我喜欢你在曼德勒时穿紫色缅甸长裙的样子。

“我喜欢你喝一瓶啤酒，脸就涨得红通通的，马上要昏睡过去的样子。

“我喜欢跟你一起走路，你走路那么慢，不会错过身边的风景。

“我喜欢你对世界充满情怀，想用你渺小的力量，做出一些改变。

“我喜欢你听从直觉，不怕冒险，千里迢迢把我从山上的寺庙里找出来时的傻样子！”

看着我脸涨得通红，杰西赶忙道歉，并轻声说：“其实在遇见你的第二天，我做了一个梦……那是很多年后，已是中年的我，中医和道家的修习小有成就。那时我跟我的气功师傅站在一起，向一些朋友介绍我的伴侣和家人。我也不知道为什么，在梦里，你并肩站在我身旁，是我的伴侣……”

我心中默默地想，我也真的很喜欢这个男孩。他像个孩子，天真无邪，温和善良，不与人争执和生气。而且，他是我见过的最快乐的人。

于是，我们在一起了。

9 地球上的中医小王子（泰国）

受杰西之邀，我再次来到清迈。清迈是我在东南亚的最爱，它与曼谷的气质决然不同，毫无高楼四起与车水马龙，那里只有二层小楼，城中遍布着咖啡屋、素食餐厅和艺术品店铺，吸引了很多外国艺术家和灵修者前来定居。那里绝对是过慢生活、修身养性的好地方。

杰西住在清迈郊区的一个小山庄。山庄的树林里有许多形状可爱的生态土质房屋，每个小房子里都有温泉池，直接引流地下的温泉水。山庄里种植着各种亚热带植物，中央还有一口面积不小的湖。

这里的生活成本很低，日子倒也逍遥自在。清晨我们会伴着树林里的鸟叫虫鸣声醒来。杰西不上课时，就会去泡温泉，而我就在小树林里的石桌上看书。

一天夜里，我们摸黑在湖边散步，看到一座桥，过桥后惊喜地发现湖心有个小岛。我们先是惊醒了几只狗和树上的鸡，又激动地发现还有兔子、鸭子、乌龟，各种各样的动物，自然放养，简直是个小小的王国！岛中心还有一个小佛堂，供放着山庄主人一家祖上的灵牌。我们像顽皮的孩子发现了新大陆一般，一蹦三尺高！

杰西性情温和，平日里话不多，总是带着他那大大的笔记本，随手记录下零散的思考，或是信手拈来的诗歌。他像个诗人，总能把纠结复杂的大千世界用精巧的诗歌展现得淋漓尽致；他又像个充满想象力的孩子，对地球上的生命充满了童真的关怀，并愿意同我分享他灵魂所在的小小世界。偶尔他也会有一些忧郁气质，觉得地球与人心生病了，难过起来。同他形影不离的还有一把木吉他，他会时不时坐下来，即兴地拨弄上几个片段。

我时常收到杰西的信，有时是清晨，有时是晚餐前，或者是机场道别时。每封信都是在一张素色的纸上用彩色的笔写成，时常是诗歌体和日记体的结合。信中他会称我为 Dragon Queen（龙女王），因为他喜欢占星学与中国生肖，而我是龙年生人。他总说龙女有才华，生命中会折腾很多事情，也会闯不少祸。

杰西不会中文，但聊天时常会蹦出一些“阴阳”“五行”“菊花”“枸杞”“气虚”或“血虚”之类的词。每次跟他聊起道家与禅宗、易经与风水、中国传统音乐与文化，我都觉得他比我更像中国人。

每天清晨，他还会练习八卦拳和太极。一天下午回家后他兴奋地告诉我：“今天我又学了一个猴子。”我正纳闷，想了一会儿，顿时恍然大悟：“是不是五禽戏？”杰西连连点头。

有时我也会觉得自己像在跟半个出家人谈恋爱。庄园里的蚊子常会把我叮得浑身是包，身上一片片的红肿，惨不忍睹；而杰西只会温柔又冷静地抛给我一句：“冥想吧，觉察你的身体与情绪！”有一次我实在忍不住，对杰西说：“我都被这该死的蚊子咬成这样了，只是想要一句安慰而已。你可不可以不要像出家人一样啊！”杰西若有所思，然后一本正经地说：“这是多么好的修行。再说蚊子并不该死。你想啊，我们人是有选择的，我们可以吃肉、吃素，甚至有些在印度的山上修行的人，

可以像植物一样进行光合作用。可是蚊子没有选择啊，它们只能靠吸血来维持生命，又何必去诅咒它们呢？”我的怨气一下子被抽空了，怔怔地看着他，哭笑不得。

杰西热爱中医如生命，时常会谈起中医。虽然在一些紧急关头，西医治疗得更迅速、更显著，但杰西更喜欢中医的整体观，拥有文明的生态智慧。在中医哲学里，人体本身就是一个生命网络，可以自管理、自修复与自进化。西医看的是局部，而中医关注的是整体和根源。譬如，当一棵树的枝叶出现问题时，西医多半会去解剖枝叶，找出问题；而中医则会溯源，是什么导致了枝叶上的问题，是根茎还是周围的环境？同时，西医讲求杀，中医讲求生。当一个人生病时，西医研究是细菌还是病毒进入了体内，如何用药将它们杀死。可是杀的同时，药物也破坏了免疫系统和整体平衡，表面上痊愈了，但事实上身体却更加虚弱了。而在中医的思路里，一个人生病是因为他自身的免疫系统不够强大到抵御外界的侵害，于是中医会用自然的药物来调动人身体内的平衡能力，让身体内部重新对话，达到平衡，自然就能够战胜外界疾病。

杰西告诉我，他之所以留在加州，而没有来中国学中医，是因为在文革之后，中国的中医受重视程度滑落，遗失了很多宝贵的传统。在一些国家，因为更加自由，传入的中医传统保留得更加完整。譬如一些在美国广泛流传的针灸方法在中国早已失传。在中国不被重视的中医经典，在日本都被当成了宝贝，日本人把中草药制成便于服用的粉末和便携冲剂，把古老的智慧变成生活常识。

杰西还让我知道，中医不只是一种技法，而是技法和心法的结合，更可以帮助精神与心灵的成长。中医除了治病，更是在帮助我们和生活之间、和自然之间、和宇宙之间建立起一种内在的联系，达到一种同频共振。中医更与道家理念、气功、太极、八卦和功夫的修习相结合，成为一种为达到“外与天地人和，内与性心身和”的生活方式。然而在中国，重物轻心，忽视了道家与天地的源头，不再重视心灵与身体的连接，很多精髓，尤其是心法和个人修行，都流失了。没有强大的心法做背景，中医是发挥不出真正功力的。杰西曾在杭州的中医学院实习，他看到在很多中医学院，《道德经》作为中医的根源之一已不再是必修，学生们只顾学习技法，还使用西医的词汇学习解剖，这让他觉得有些惋惜。

10 山谷里的音乐节（泰国）

一天回家，杰西正在打包行李：“我们出发，有惊喜！”还没来得及询问究竟，就被他拖到了摩托车上。我们在马路上飞奔，一个小时后来到了小镇清道。山路十八弯之后，路边几个穿着嬉皮的年轻人，一蹦三跳地向我们招手：“欢迎来到山谷音乐节！”

音乐节在一片雾气腾腾的绿茵谷中央举行，一条溪河穿流而过，有很多农场风格的有机食品和手工艺术品的摊位，还有几个迷幻风格的舞台。山谷里到处是花花绿绿的帐篷和穿戴着土著服饰的人群，什么年龄层都有，甚至有一些装扮成小女巫和怪兽的小朋友。音乐节规模不大，三四百人，一半是泰国人，还有很多日本人和西方人。杰西眉开眼笑地说：“还不错吧！这是一群日本人办的以有机生活为主题的音乐节！”我们迅速在溪水旁搭起了帐篷，加入了这群临时山谷居民。

接下来的两天，清晨雾气仍然缭绕时，我们就起床，徒步去山里的温泉社区。我们伴着初升的太阳，泡完温泉，再去山中徒步。下午我们和大家一起围坐在草地上，欣赏乐手们的原创音乐。傍晚时分，我们点起篝火，唱歌跳舞，一起点燃并放飞泰国新年期间才有的黄色灯笼，注视着飘去天空另一端的灯笼，然后欢呼，拥抱，彼此祝福。

每个摊位上的有机食物都是我们的最爱，摊主烹饪用心，食物又很美味。杰西向来对有机种植和食品情有独钟，在清迈他时常带我去有机蔬菜的农贸市场和有机餐馆。两年前，杰西还在加州的几个有机农场上 WWOOF，那是一个世界有机农场机会组织，提供以工换宿的机会。农场主给杰西提供免费食宿，而杰西就帮忙照看农田，管理马铃薯、羽衣甘蓝和花椰菜等蔬菜的种植。

从小到大，我很少关心自己所食之物的源头，更不在乎食物是否有机。杰西对此极为坚持："进食的过程，其实就是将非你身体之物变成你身体的一部分，你怎么可以不在乎进入你体内的是营养或积极能量，还是毒药或负面能量呢？"他告诉我，我们所谓的"有机食物"，不过是我们祖父祖母的"食物"。这十多年来，世界变了，我们大量使用无异于毒药的农药，极度污染了水源和土壤。所以吃有机蔬菜不仅对身体好，更是在保护环境，尊重大地母亲。

在杰西那里，我还了解到一些转基因的问题。当代人断送了上千年的农业传统，把一些老祖宗传下来的粮食与蔬菜都拿去转基因了。在泰国，几乎找不到非转基因的玉米；而在中国，几乎所有大豆都是美国进口的转基因大豆。转基因作物具有抗农药能力，于是农民在地里大量喷洒农药之后，除了转基因的作物，很少有其他生物可以生存，但这也导致了水土的污染、自然系统的失衡。转基因有悖自然规律，是人类自我意识极度膨胀的结果，正如海德格尔的话："人在大地上，终究有一天会意识到他不是这片大地的主人，在面对一片森林的时候，他只是一个护林人，而不是森林的拥有者。"另外，转基因还会导致不可知的恶果，即使现代科学并未发现转基因食品对人体的不安全，那也是因为科学仍有局限，不是真的安全。这就像多年前在国内流行的四环素，消炎效果特别好，也没有什么不安全，结果几十年后才发现，它把当年服用人群的牙齿变成了黄色的四环素牙，造成了

不可逆的损害。

最不堪入目的，还是转基因背后的利益关系。杰西告诉我，孟山都公司是世界转基因种子的最大生产商，前身其实是奴隶贩子和化学武器的生产商。越战时他们为破坏越军游击战，大量生产橘剂，毁掉了越南大片的树林和庄稼，破坏了整个生态链，也让很多越南民众和美国老兵至今都有后遗症，时常有畸形胎儿的出生。十多年前，他们看到农业领域潜在的高利润，立即将公司转型往农业生物技术方向发展，现在还在研制很多蔬菜和家禽的转基因工程。

我对转基因了解不多，将信将疑的态度只会让杰西变得愤青起来。他坚持要我看一部名叫《孟山都公司眼中的世界》的纪录片，片中孟山都几乎把市场垄断，用尽一切方法剥削农民。由于孟山都的转基因技术可以让农作物产量大大提高，于是很多农民买了他们的种子。但倘若老农留下种子，准备来年再种，就将一代不如一代。孟山都甚至让一些作物不结籽，或自己杀死胚芽。于是农民们每年都得掏钱买种子，而且还必须购买孟山都剧毒杀虫剂来配合转基因作物的种植。即使农民不想再买孟山都的种子，但在因杀虫剂而导致土壤成分改变的地里耕种非转基因的作物，就很难再种出其他东西。

自山谷音乐节之后，我开始关注自己所食之物的源头，有机种植与转基因，很多信息着实让我战栗。也许有机农场的概念，也可以融入我“竹林七贤”的梦想之中呢。

11 绿色有机生活（泰国）

一天，杰西问我："还记得我曾跟你提起过，我有一个在山林里建立关于自然和灵修社区的梦想吗？离清迈不远的乡村里有个类似的小社区，叫 Pun Pun。要不要去？""如果今晚你跟我去清迈老城的奶昔店吃垃圾食品，我就跟你去！"跟杰西吃素、吃有机一段时间之后，我实在很想念冰激凌和蛋糕甜点。

Pun Pun 社区坐落在一片乡村田野中，看起来跟周边并无不同。Pun Pun 的社长舟友善地接待了我们。踏进他家房门时，我万分惊奇地盯着他的房子看。那是一个两层的近似椭圆形的生态土屋，四处悬挂着风格迥异的画作与传统手工艺品。一间书屋，被漆成绿色，几排木质书架上摆满了书。客厅里麦田色地毯的另一边，两个小孩正在堆积木。

舟为我们端上了他们自己种植的有机茶叶，伴着沁神的茶香，我们打开了话匣子。舟是泰国人，从小喜欢山林、草地和田野，一直梦想着建设一个绿色社区。八年前，他遇见了来清迈做环保义工的美国女孩叶，怀着对自然生活共同的热爱，两人建立起了 Pun Pun 社区。现在舟和叶已经结婚，还有一个 4

岁的儿子楠。

Pun Pun 社区里有不少农田和果园，种植了很多有机蔬果，也栽培了一些药用植物。舟告诉我们，其实有机种植并不难；如果运用得当，产量并不会下降，因为大自然本身就有一种平衡的力量。这让我想起福冈正信的《一根稻草的革命》，一天他在一块多年未耕的土地上，看到一根健壮的稻草从杂草丛中生长出来。思考许久后他发现，其实作物自然的生长，本不需那么多外部照顾。除草剂、化肥与农药，这些让我们认为能够帮助提高产量的，实质上是在透支土壤和植物的生命力，破坏自然本身的平衡。在他看来，回归自然，观察大自然的规律，相信自然的力量，才是最好的种植之道。自然之物，自会有自然的解决之道。

Pun Pun 社区还有自己的鱼塘，并饲养了鸡、鸭、兔等家禽。在这里，所有住宅都是自然房屋，是社区居民亲手用土壤和竹纤维等自然原料坯制而成的，每幢房屋都有不同的形状和主题。另外，他们还自己缝制衣服和手工艺品，并用园林里的植物做洗发水、沐浴液和护肤品。而今 Pun Pun 社区还在清迈城里开了两家餐厅，小有名气，都是有机素食烹饪，原料全部来自自己的农田。他们还教授周围村庄里的百姓如何进行自然房屋建造和有机种植，也会对外开设一些课程，通常关于可持续性建筑、草药种植和传统手工艺。

吸引我的还有 Pun Pun 精心运营的种子银行。他们收集本国乃至世界各地的、没有转基因且品种优良的农作物种子，并建立了农村社区网络，与其他社区进行种子分享与交换。他们真诚地希望为老祖宗上千年的农作传统的传承尽一份力。

这里一共有 15 个长久居民，包括 12 个泰国人和 3 个西方人，也会接受一些临时居民，大多人都是慕名远道而来的。这些临时居民通常会以工换宿，有的帮忙建造自然房屋，身体较弱的女孩子会去帮忙打理农田和果园。社区里有两个小孩子，他们从小在田野里奔跑，在池塘里玩耍，社区里的大人轮流给他们授课，让他们在家上学（home - schooling）。两个小孩上山、爬树，跟动植物打成一片，又读书、绘画、种地、盖房子，无所不能。

离开 Pun Pun 社区时，几个居民采摘了一些果园的水果给我们，舟友好地向我们告别："欢迎你们随时来住一段时间，学习盖房子和种地！"

回家途中，杰西神采飞扬地问我："怎么样，要不要过这样的生活？除了有机农场，我还要种中草药。现在中国进口的中草药质量不是很好，都打了毒性很强的农药，药效都变了。"

"不错……不仅要有书屋，还要有个音乐室，收集世界各地的乐器，没事大家可以一起玩音乐！"我也兴致勃勃起来。

杰西眉开眼笑，越发兴奋："我要做个实验，在农场上圈一个'动物之家'，把刚出生的狗、猫、马、羊、猪、鸡和猴子各找一只，放在一起，让它们同时长大，大家都是好朋友，相亲相爱。我就是想知道为什么世界上会有战争。"

我沉浸在这幅美好的画面之中，一下子恍过神来："你知道'庄周梦蝶'，那你可知道'南柯一梦'？"杰西摇了摇头，有些纳闷。"过去有个叫淳于棼的人，家住广陵，常在家南边的大槐树下乘凉。有一年他过生日，喝醉了酒，便在槐树下睡觉。他做了一个梦，梦到自己到了大槐安国，在那里当了驸马，跟公主成了夫妻，还在南柯郡做了太守，一做就是 20 年，荣华富贵享不尽。一觉醒来，他发现自己仍躺在树下，而槐树下面有个蚂蚁窝。原来他梦中的大槐安国就是这个蚂蚁洞，而槐树最南边的那个枝儿就是他所在的南柯郡。"

杰西愣了一会儿，猛地回过神来："一帆！"他追着我打："这才不是南柯一梦，这是很现实的！你听说过理念村（Intentional Community）吗？就是一群有共同理想的人生活在一起，共享生活资源，并分担责任的社区。Pun Pun 就是个很好的理念村。你不要觉得这是乌托邦，更不是空想社会主义，其实已经有很多很成功的先例了！听说过印度的曙光村吗？"杰西眼睛发亮。

"这听起来像共产主义。"我皱皱眉头。

"你不要打岔！曙光村就是这样一个理念村、世界村。一个法国女人在印度南

部建立的，已经四十多年了，可持续，现在运营得很好。那里居住着来自四十多个国家的两千多个居民，他们坚信"人类合一"的理念，超越所有宗教、政治与国家，大家都简单、宁静、进步且和谐地一起生活。那里的居民没有物业产权，每个人都与自然和谐相处，在自己的农场上进行有机耕种，整个村落几乎完全自给自足，而且雨水和废水也都会再循环利用，不过……"杰西抿抿嘴，继续说，"我理想的社区只是小规模的而已啦。"

"不过……"我模仿起杰西的表情，"我们还是先回家吧，淳于棼先生！"

12 杰西为我家老古董把脉（中国）

我正筹划回国过春节，杰西居然也叫嚷着要跟我回去。我不假思索:“不行，我家人传统，跟你谈恋爱已经有不少压力了。要是真见了你，说不定一脚踹你出门呢！”

“不会的，也许你家人会喜欢我呢……我不久就要回美国了，想多些时间和你在一起，也想看看你长大的地方，拜访一下你的家人，这不挺好的？”杰西可怜巴巴地看着我。

我坚守不住阵地，决定去探探口风。爸妈倒是好说话，可是大年三十我们向来是在奶奶家过。打电话给奶奶时，她耿直又坚定地说:“不行，美国人都有艾滋病！”

我哭笑不得:“奶奶，你哪儿来的结论啊？就算有，也没法传染啊！”

奶奶降低了分贝:“电视上都是这么演的啊……万一他有艾滋病，用我家的马桶，咱不就麻烦了吗？”

我一下子就笑喷了:“奶奶，您还是学医的呢！艾滋病都是靠血液和性传播的啊。”

奶奶有些犹豫:“来者是客。你自己看着办吧！”

刚到家中，听到窗外噼噼啪啪的鞭炮声，杰西就趴到我耳根上轻声说："这明明就是空气污染、噪音污染啊！不小心的话还会伤到人，尤其是玩鞭炮的小孩子！"

"这是我们多年的传统，用来炸掉晦气的！"

"又不是所有传统都要保留，不好的就没有必要了嘛！"他还继续理直气壮。

"先不跟你理论，给我老老实实的。要敢在老人面前提丢掉传统的话题，你就完蛋啦！"我紧张地瞪了他一眼。

这些天下来，杰西学会了不少中国话，每次在饭桌上家人给他夹菜，他都连连点头说"这个好吃""那个好吃""全部都很好吃"！不过杰西并不能理解，为什么我和家人之间不会说"我爱你""我很想你"之类的甜蜜话语，也不会常常拥抱。

还有一次杰西给姥姥姥爷把脉，两位老人家看着蓝眼睛的杰西在他们手腕上摸来摸去，动不动冒出来几句"肾虚""心脏弱""多喝人参水"之类的话，惊得他们告诉我："这简直就是一部科幻电影……"杰西还问他们要不要接受针灸，姥姥姥爷怔怔地对视了半天，战战兢兢地摇了摇头。

正月十五元宵节，我们全家带杰西去看大明湖灯展。爸爸把吃奶的劲儿都使了出来，跟他讲老济南的"四面荷花三面柳，一城山色半城湖"，还有李清照和辛弃疾的词。有时我也会觉得，谈一个不懂中文的外国男朋友挺遗憾的，中国有那么多动人心魄的古诗词，他却无法体会其中的韵味。

我儿时的哥们儿听说我领了个洋鬼子回家，专门搞了一件墨绿色的武警军大衣送来，还有一顶遮耳的帽子，杰西穿上之后实在很像个前苏联大兵，这让我们全家都乐得合不拢嘴。杰西对这件军大衣爱不释手，天天裹在身上。每次上街，总有人问他是不是从俄罗斯来的，杰西就用他生硬的中文笑着回答："我是美国人，但是我是共产主义者！"每每他们排队要跟他合影，我就会虚荣心旺盛地想，这个帅气的共产主义俄国鬼子是我的男朋友！

13 那些菇草教我的事（印尼）

I hope this old train breaks down	我多希望这辆古老的火车会坏掉停下来
then I could take a walk around	这样我就可以下车转转了
and see what there is to see	看看周围有怎样的风景
and time is just a melody	任时间如旋律般流逝
all the people in the street	街上的人们啊
walk as fast as their feet can take them	努力地加快脚下的步伐
I just roam through town…	而我却闲庭信步……

一个云淡风轻的下午，我和杰西慵懒地靠坐在小木屋餐馆的长椅上，伴着店里杰克·约翰逊（Jack Johnson）的歌声，一切仿佛就是一场梦。一周前，我们还横跨一个大洋，接连在电话里闹不愉快，没想到他悄悄飞来了坡国小岛，给了我一个梦中才有的大大惊喜，现在两个人还一起飞来印尼龙目岛。而这一刻，他正笑话我刚刚在海上冲浪时像只快被淹死的猪，死死地抓住冲浪板，任巨大的海浪拍打身体，又一次次地被海浪卷入水中。

我和杰西是这家小木屋餐馆的常客。这家餐馆有些不同，没有地板，木制桌椅直接搁置在沙滩上，人来人往却并不嘈杂，而最让我倾心的还是店里循环播放

的 Jack Johnson 的音乐。

Jack Johnson 是我最爱的乐手之一。他在夏威夷长大，是大海的孩子，一名职业冲浪选手。然而在他 17 岁那年的冲浪事故之后，他脸上被缝了 150 针，不得不在家休养，却从此塞翁失马般地转入了音乐领域，书画起他的另一片天空。人们总喜欢轰轰烈烈的大事，不是改变世界的光辉事迹，就是山可崩地可裂的感情。而Jack Johnson 却返璞归真，在一地鸡毛中把日子过成了诗，他只写生活中的小事，简单的事，琐碎的事。他常在音乐中娓娓道出一个故事，让人感受得到他的渺小和彷徨，却也感受得到他那自由的灵魂和生命中的点滴智慧。突然间音响中冒出了几句他难得搞怪的声音，我不由得笑了，对着杰西做了个鬼脸。他懂我的。

“哥，想飞上月球吗？”石鲁不知道从哪里蹿了出来，蹲在我和杰西面前两眼放光。

四天前我和杰西来到龙目岛上，石鲁算是我们在岛上认识的第一个朋友。他 22 岁，在这家小木屋餐馆做工，时常来找我和杰西聊天，还带我们去家里看他刚出生的小宝宝。石鲁见我一头雾水，连忙说：“这几天下雨，林子里的神奇菇草长得特别好，要不要去采？”

杰西扑哧一下笑出了声，向我解释说：“神奇菇草是一种植物，有些特殊的功效。加州也有，有一些传统医师用它来入药。我曾经跟其他医师一起尝试过，它可以带来很多自然中的智慧。”

石鲁火速跨上了摩托车，载着我和杰西在蜿蜒的盘山小路上行驶，很快就来到一片稀疏的小树林，地上的一摊摊牛粪让我皱紧了眉头。石鲁神秘兮兮地告诉我们：“这种菇草只长在牛粪上，村里人都有自己寻找菇草的法诀和秘密基地。这里是我的秘密基地，千万不要声张出去！”石鲁躬下身子，在一坨仍飘散着臭味的牛粪一侧，一把摘下一只白色菇草，取下他头上的帽子就丢了进去。这只菇草的颜色和个头实在是很寻常，还没等我回过神来，石鲁早已在各坨牛粪中健步如飞。

眨眼工夫，菇草就占据了小半个帽子。“够了！”石鲁把帽子递给我，跨上摩托车，载着我们飞速驶回了小木屋餐馆。

过了半晌，石鲁将一盘菇草蛋饼端上桌，豪爽地一拍桌子：“哥，吃了回家！”我上下打量着石鲁，不知所措。杰西让我不要顾虑太多，说他会照顾好我，乔布斯在印度时食用的也是类似的东西。于是我拎起筷子，和杰西三下两下就把蛋饼吃了个精光，之后回到了海边的小木屋。

半小时之后，我的世界一下子变了！

我身旁的树，像极了原始森林里高耸入云的神树；而那些在海边篝火旁跳舞的人们，像极了海洋与树林精灵。他们跳舞的姿态，像藏族群众在欢庆或朝圣，又像非洲原始部落的居民在朝拜神灵与天地。白天时我还跟他们有些距离感呢，这一刻我觉得他们好亲切可爱，每个人都同我手足相连，是我的亲人朋友。

刹那间，我感受到体内强大的能量场，它们在振动，且振动的频率跟整个自然是一致的。我像是感受到了宇宙的源头，意识跟能量场的源头接上了，所有分界全部消失，自我感和与外界的对立感也消失了。我看到星空在闪烁，每个人，地球上的每个生命，每个事件，都有千丝万缕的联系。似乎每个人，每个生物，都是一首交响曲中的一个个声部，是大自然妈妈的小孩。

在我的身体里，有宇宙万物，有菇草，有乌龟，有风，有天地，有星辰。它们跟我面前的海洋、大地和跳舞的人们，有不可言喻的联结。我体内的菇草似乎在同我交流，它想带我来看看这个神奇的家。难道我们都是走在回家路上的孩子，有的人早到家，有的人晚到家？再或者，这就是我们死后的归宿？我一下子“看”到很多在书、电影和音乐里表达的东西，原来迪士尼中的场景、金庸小说中的画面都是有所依据的。

我又“看”到佛陀和老子悟出的那个世界。每个圣人都肩负着不同的使命，带领我们前行一点点，指引一些人看到真相，回家。多少次探索生命的源头与宗教的真谛，这才惊觉原来你我都存在于彼此之中，同根同源。而这一切的宗教，一切哲学与形而上学，都是指向一处的啊！只不过是用不同的语言，表达着相同的智慧；用不同的手指，指向同一个月亮。那又何必执着于他们用的是哪种语言、哪一根手指呢？人类历史上，因不同帮派划清界限，引发了多少战争，那是多么荒谬！

我惊觉自己像开悟了一般，或许是进入了一个与开悟相似的维度。这个维度没有猜忌，没有纷争，没有妒忌，没有痛苦，没有什么是属于你的，而你是属于整体的；也正是因为你是属于整体的，所以就没有了恐惧与悲伤，只是安心与喜悦。没有人是坏人，只是有些人走着走着迷失了；可是没关系，我们有时间等他回家。这一刻，我的心中充满了爱，对朋友、家人、萍水相逢或者尚未谋面的人们，还有那些我曾经反感、讨厌甚至憎恨的。

我"看"到每个人都是有使命的，也是有"命"的，我们在世间认真地去完成这段命，然后回家。突然间我哭了起来，因为迷失在回家的路上太久。曾经我觉得自己不凡，那一刻我却好惭愧，我只不过是得到那么多朋友的恩惠，获得那么多萍水相逢的人们的帮助，动用了世间那么多的资源而已。我如此感恩，真想先净化好自己的心，再去完成自己在世间的使命。之前我一直误解了道家的"无为"。无为不是什么都不做，而是领会了一切皆空之后，还能回归世间，脚踏实地完成自己的现世使命。但正因为看到"家"，看穿世间的空，看清人生一场梦，又怎会执着？

清晨从木板床上爬起身来，我看着正在准备早餐的杰西："昨天，是一场梦吗？"

杰西笑笑，反问我："现在，是一场梦吗？"

我愣了一下，笑了。

14 人间最好的相逢（美国）

“欢迎一帆包子来到美国！”远远就看到杰西站在接机口处举着大大的牌子，横七竖八地写着这几个毛笔字，我扑哧一下笑了。“包子”是他知道为数不多的中文词之一，他喜欢这两个字奇怪又可爱的发音，于是常戏称我为“一帆包子”。杰西微笑着站在原地，等待我推车过去，给了我一个长久的拥抱。

又是两个月没见，终于来到旧金山同杰西团聚。这座城市让我爱得热烈：雾蒙蒙的山，陡峭的街，别致的维多利亚式建筑，叛逆的街头涂鸦，特立独行的流浪艺人，理性与感性的交织……如果说华沙能让人变得浑厚深沉，多巴湖（Lake Toba）能让人变得温柔平和，那旧金山就有一种让死灰复燃的涅槃的力量。

杰西说他有份神秘礼物要送我，一大早就开车上了高速公路。在山区蜿蜒很久后，路口竖立着一只牌子，上面写着“Harbin 温泉社区”。

在山林里搭起帐篷后，我目瞪口呆地看着杰西赤身裸体地要引领我往温泉池的方向走。我如雷击一般：“你裸体？”“对啊，这里是天体温泉社区，不过你可以选择不裸。”杰西笑眯眯地回答。到达温泉池时，我震惊了。不大的温泉池里、池边、周边灌木丛中的曲径中，尽是白花花、赤裸裸的身体。有驼背，走路一瘸一拐，臀、腹部的肉都松弛下垂的老头；也有胸部刚开始发育，曲线初形成的美丽少女。他们有的走路，有的坐在温泉池边交谈，有的闭目站在池中央，静享一个人的时光。

愣在温泉池旁的我，作为唯一身着泳衣的人，大家的目光齐刷刷地聚焦在我身上。我一脸尴尬地转身，一路小跑回了帐篷。

过了不久，杰西回营地找我，告诉我这个社区是个天体乌托邦，要带我参观。这个社区较为成熟，有一些永久居民，大部分人是偶尔过来休养生息的自然主义者。这里不仅有露营地、餐馆、咖啡馆和超市，还有一个布满天体、素食生活与灵修书籍的图书馆。在加州，杰西早已是一些天体社区的成员，他常跟朋友一起去，不管男性女性。

在加州过了一段与中医、音乐和花园相伴的小日子之后，杰西带我一起回他的家乡小镇博若拜访他的家人。博若镇不大，只有三百多居民。这里天空碧蓝，大片的青草地上野花绽放，彩色的房子熙熙攘攘。“欢迎一帆远道而来，成为我们小镇上的家中一员！”远远地望见淡黄色乡村小别墅上悬挂的横幅，和站在门前热情挥手的杰西爸妈，我的心一下子就被融化了。

杰西家后面有条河，每天清晨杰西妈妈会带着我和家里的大狗去河边散步，其实也是为了窥视一只叫作中国（China）、正在河边孵蛋的母鸭。“中国”这个名字是杰西妈妈取的，因为她的闺密领养了两个可爱的中国女孩。而今在小镇上，很多人都知道母鸭的名字了。杰西妈妈兴奋不已地告诉我，她早早就帮“中国”掐算好了日子，这两天就会有小鸭子降生。全家人还一起去拜访了杰西九十多岁高龄的祖父母，他们年轻时曾是美国联邦调查局的特工，祖父在一次飞机失事中失去了一条腿，至今都在用假腿行走。

周末，杰西家人还会带我去周边爬山，在湖泊边的沙滩上散步。有一次，我们在河里划独木舟，我气喘吁吁地停下手中的桨，望向天空中的白云朵朵，暖暖阳光洒在我的面庞上。那一瞬间，我惊觉，这不就是我想要的生活吗？我在碧山清泉不再的泉城，在望不到蓝天、时常闻着泄漏的臭鸡蛋味的硫化氢的工厂里长大，从小就被教育要努力拼搏，才能过上自己想要的生活。对我而言，不过就是这种衣食无忧、亲近自然的闲适生活。我突然很羡慕杰西，在他降临人世、破涕大哭的一瞬间，就已经拥有了这样的生活。

这种不同，也让我想到同杰西长期以来的矛盾：我表面上洒脱，骨子里却仍然崇尚物质稳定的生活，银行账户上有一些积蓄才会安心，希望未来能够孝养父母、抚养子女；而杰西不同，身上背负着一大笔学贷，长时间没有收入也从不焦虑，淡定地说十年还不清贷款，政府会自动免除。对他而言，2000 美金就可以盖一栋供水供电的自然房屋，自己的孩子可以免费“在家教育”，一切都有保障，那么要钱做什么呢？

我也知道，自己虽向往归园田居的生活，但仍无法拒绝现代文明带来的种种诱惑。也许过不了太久，我还是会向那浪迹天涯的生活挥挥手，对心底“竹林七贤”的小小梦想轻声道别。寻找一个入世与出世的平衡，真的好难。

“我曾经傻得可以，痴心想抱住那么大的地球。

让有缘人能结合，让暴风雨都沉默；

现在相信命运，它比我们每个人都懂。”

张悬的《留下来陪你生活》在电脑里循环播放，我心中一片酸楚。在生命的旅程中，我们最终还是道了别。我的记忆似乎刻意屏蔽了道别过程，也不再质问失散的原因，只记得他的只言片语：

“我不能给你你想要的，但我可以给你你需要的，譬如阳光、空气和水。”

“来加州，让我们定居山林，过竹林七贤的生活吧！”

电影总是在最美好的部分完结；可生活不会，生活仍在柴米油盐的现实中继续。我依旧不懂爱情，只是如此感激与杰西的相逢与相知，他像我的一位老师，带我走进另一个世界，成为现在的自己。

chapter 10 投行的日子

1 生存与生活

面临毕业，我焦虑不安地站在十字路口：该何去何从？新加坡不大，毕业生的选择并不多，不过是石油、港口、电子和金融。考虑到金融行业同我的专业较为对口，管理培训生又很诱人，提供各种培训与可以去不同部门轮岗的机会，薪水也不错，于是我加入了周围朋友们备战的投行大部队，使出浑身解数地准备着投行的申请。即使是申请运营部门，也是千军万马过独木桥。我没日没夜地用题海战术准备网申，并一遍遍地阅读应届生网站上他人总结的经验教训。

最难应对的莫过于那些社交活动。本来各大投行组织这种活动的目的，是让应届生去结识一些企业高管，借此了解投行里的工作情况。每次社交活动，我们都会穿得人模狗样去参加，而我也跟风买了双高跟鞋，走起路来摇摇晃晃如鸵鸟一般，不得不找准会场的一个角落咬牙站下去。我们每个人都希望能了解些投行情况，并天真地期盼结识某个高管，砍掉几轮面试。可让人忧伤的是，愿望实现的可能性如同中彩票一般。大多数高管并不需要结识谁，他们只是在自吹自擂，不停歇地讲述着他们的个人成就；而我们，只要毕恭毕敬听着，偶尔道几句“天啊，这太厉害了”“你实在太牛了”就好了。当然还不能忘记参加社交活动的初衷，时不时努力引出一些自己的能力与成就。

一路过关斩将，终于杀入了一间投行的最后一轮面试。面对三位面试官毫不留情地迎面抛来的金融市场问题，我一个都答不上来，最后涨红了脸尴尬地说：“我会好好学的。”毋庸置疑被刷的我，晚上却接到面试官的电话，被通知录取。我惊喜不已地问他：“我在金融方面一无所知，你们为什么还录取我？”“大家都很喜欢你啊，你的背包旅行和社团活动让我们感受到你身上散发着的巨大能量！”

于是我成了系里第一批拿到工作 Offer 的幸运者，还拿到了公司 25000 元人民币的签合约奖金，美滋滋地幻想着用这笔钱旅行和给家人发红包。

2 生活之下，生存之上

管理培训生项目果真名不虚传，我们是公司重点培养的对象，培训多如牛毛，而且每九个月轮岗去另一个部门，学习不同领域的知识技能，连周边同事都会说："抓住机会，你们晋升比我们快。"第一个岗位我被安排进了项目管理组。新鲜的工作内容和种种培训课程足以让我兴奋，很快公司又把在全球各地诸如东京和香港的管理培训生，全部汇集在伦敦，接受一个半月的金融培训。伦敦的时光让我幸福地飘上了天：无须工作还照拿工资，长期穷游的我还住上了富人区的高级公寓。我和来自世界各地的同事一起，白天培训，晚上逛街搞派对。每个周末，我不是北上苏格兰，就是飞往爱尔兰，决不放弃每一个背包旅行的机会。

然而，回到新加坡之后，蜜月期很快就结束了。

渐渐地，我感受到了投行日子并不光鲜的一面。每天的工作，无非就是邮件、会议、Excel、无休止的 PowerPoint 修改、打印、开会、邮件、Excel，继续修改 PowerPoint，同时忙很多件事，疲惫又麻木。朝九晚五几乎是不可能的，大多数人都是朝九晚八，甚至很多人还要加班至深夜。有时难得按时做完工正要拔腿走人，同事又好心地悄声道："先别走，你看你对桌的老板还在呢，装也要装得比她晚下班……"

可我根本没有办法装，我摊上了单身女老板中的极品。每天我到办公室的时候，她已经坐在电脑前了；每天我离开办公室时，她办公桌上的电话还在响不停。她是英国长大的华人，约有40岁。没有人知道她的准确年龄，也没有人敢去问她，同事间相传她从来没有过男朋友。有次一个同事问她要Facebook，她恶狠狠地瞪了一眼，说："我在每个社交网站上用的名字都是假的，都不一样，你们别想找到我！"偶尔她会约我去楼下吃饭，她机械化的动作、皱紧眉头盯着我的眼神，每过两分钟便看向黑莓手机的紧张神情，看到高管路过就眼角上扬、挤出僵硬笑容去打招呼的姿态，让我吃饭时心都揪了起来，恨不得赶紧吃完回办公室工作。半年后她升职了，我从来没有在她脸上看到如此轻松绽放的笑容。

而跟她死对头、也比她职位高的是我那30岁出头的项目经理。她美丽，娇媚，情商高得惊人。看着她日益变大的肚子，我们才惊知，她刚到公司的第三个月就怀孕了。凭她在公司的职称，加上年假，很快她便可以享用六个月的带薪产假了。她入职以来，一直在暗自策划她的美容店，四个月后终于开张了。她每天5点钟准时下班，白天时常在美容店忙碌。那日她告诉我们，等她休产假的时候，就什么都不用操心，空手拿两份诱人的薪水了。在她手下做的每一个项目，她都教给我如何把8分的事情做成5分，然后在Presentation的时候说成10分。这样一来，不仅不用加班，还能得到上司的器重。每当这时候，我心中就拧巴成一团拉面，而她告诉我，想在投行生存就不得不如此。

公司给我们的种种培训，也不再显得有趣。他们总是在教我们如何着装、握手、问候，如何写邮件、做报告，如何主持会议，如何与领导相处，如何沟通与谈判。这倒是让我记起新加坡美术馆中的一幅以同化为主题的作品：画面中每个人都有相似的面孔，表情呆滞得如同机器人；而城市都有一样的模样，越发趋向沙漠化。也许这就是我们趋于一体化的现代社会，北京向纽约看齐，石家庄向北京看齐，乡村向石家庄看齐。社会像在制造商品一样制造着我们，学校修剪去我们的棱角，培训好我们的职业技能后再送去公司里。在很多大公司里人与机器并无不同，人的行为越是一致化，便越容易管理、越是高效。

我不甘心，于是把邮件底部的个人签名改成：守护你的棱角，珍惜你的幸福，努力地工作，智慧地生活，记住你的梦想。然而一周后，人力资源部的人打电话给我："你的个人签名，代表公司形象吗？代表部门形象吗？谁批准你这么做的？不想受处罚的话就赶快删掉！"我很是委屈：自己的岗位只与内部员工打交道，完全不需要见客户，刹那间我觉得自己像只傀儡。

这里的价值体系是坚不可摧的：工资单的数额代表着你的地位，住宅的大小决定着你有多少朋友，穿戴的名牌数量断定了你恋爱对象的优劣。同事之间最喜欢谈论的是哪家商场最近在打折，谁又买了个普拉达（Prada）的包，谁家住在哪片高级别墅，谁的车是什么牌子的，谁给他的老婆买了个多少克拉的钻戒。同时，每个人都想尽办法跟能决定升迁的领导称兄道弟，上演着一出出潜藏了名利与虚荣的舞台剧。

我的朴素风格在这里难以生存，总是有同事好心提醒我："买个名牌包吧，要不你去社交场合的时候，很多人都会对你敬而远之。"还有同事告诉我："赶快搬来市区吧，你住在郊区让人知道了笑话。"可是我始终没搬。远倒是真的，可是能省房租去旅行；虽然每天乘地铁要一个钟头，可那却是我一天中可以读书的、最安宁的时光。

然而同时，我也观察着自己的变化：化妆了，比以前重视名牌了，开始跟同事一起网购名贵珠宝了，他们聊名牌、豪宅、跑车的时候我也插得上话了。看着自己跟世界合群地笑，沉浸在丝丝忧伤中的我告诉自己："我也需要朋友。"

投行界的酒文化才真的可怕。很多工作狂同事下班总是往酒吧冲，他们的生活只有工作与喝酒两件事。我的一个同事，一次红肿了眼睛跑来找我哭诉，讲述她的生活是怎样地枯燥：每天面对电脑工作 12 个钟头，然后跑去酒吧里喝得烂醉，回家吐，睡觉，爬起来继续来上班。她银行账户里的积蓄，也都在酒吧和商场里败光了。这让我想起《挪威的森林》中描写的社会：乱糟糟的一团，人们茫然麻木，像一群蚂蚁忙碌又机械地生活，没什么精神信仰，也没什么生活目标。我们不快乐，于是就以各种方式来逃离，有些人选择看电视、看电影，也有很多人选择喝得烂醉麻痹自己。其实我们都是在转移注意力，让自己忘记，其实我并不快乐。

我渐渐地对周围同事的内心世界产生了好奇，我会与他们聊起自己的生活："你喜欢你的工作吗？你快乐吗？"一些人会坦诚地告诉我，他们的工作极其琐碎与无聊，压力又极大，倘若不是为了薪水，一定不想再这样下去。这让我想起卓别林的话：用长镜头看生活，生活是一部喜剧；但用特写镜头看生活，生活就是一个悲剧 。

而我开始觉得，既然大家都各有苦衷，自己又何必戴上面具去合群呢？我不再假装，聊起自己天马行空的梦想，不再隐瞒自己的周末出行，时常在周一清晨背着大大的登山包迈出机场直接奔向办公室。我也大方地接待起沙发客，他们常常穿着另类的嬉皮服饰，准时在公司楼下等我下班上街游玩。另外，我开始在一个叫作 Aidha 的非营利性学校里做义工，他们为低收入的菲律宾女佣们提供计算机、有计划开销与创业课程，使得她们能够积累些积蓄未来回家乡创业。

我的单身女老板一再警告我：“好自为之吧。继续这样七搞八搞下去，未来事业无成，看你一把年纪会怎么后悔！”我不怕。比之事业无成，我更怕成为不是自己的自己。

出乎意料的是，很多同事被我的丰富与快乐吸引，他们在我的影响下，开始背包旅行，有些还成了沙发客。也有很多其他部门的陌生人们前来向我咨询旅行事项，希望同我坐下来聊聊世界与公益。而我惊喜地发觉，那些穿戴名牌出入高端场所的，我曾以为跟自己的世界格格不入的人们，他们内心的渴望却与我并无不同：快乐、丰富、自由与创造价值。相比以前戴上面具同他们谈论名表与跑车，竭尽全力地去融入他们之时，我一下子多了那么多真挚的朋友。

3 精彩生活 从遇见海司开始

在管理培训生的项目里，我们每九个月轮一次岗。第一个岗位工作结束后，我谨慎地去了解其他岗位信息与老板性情。听说海司时，我兴奋不已。他是信息系统岗位的老板，是来自津巴布韦的白人，他多次为津巴布韦乡村儿童组织募款活动，用于建设学校，一年前被公

司授予慈善工作积极分子的奖章。再加上该岗位的工作性质不错，我心潮澎湃地去找他谈话，并向人力资源部提交了申请。一周后人力资源部通知我，我成功进入了海司的小组，真可谓天公作美！

第一天来到办公室，只见海司身着粉色大T恤，扛着折叠自行车走进办公室，冲进洗手间，再次站在我面前时已是西装革履，俨然一副大老板的样子。我怔怔地盯着这个与众不同的老板，他友善地向我微笑，转身回了办公桌。后来我才从同事那里得知，他时常会骑自行车上班，环保又锻炼身体。

海司28岁，比组里其他六个同事都要年轻，却已是重任在身的组长。我们组的工作风格跟其他组大不相同：笑声不断，绝不加班。海司张弛有度，负责项目时严格管理进度，平日里又能给我们足够的空间。他坚持每周例会由组里每个成员轮流主持，主持者还要为大家准备零食和饮料，还要准备十分钟的任意主题的演讲，因此每周例会成为我最向往的时刻。他还鼓励我们健康饮食，锻炼身体，下班之后还会带我们去聚餐。海司也是背包客，去过不下二十个国家，时常去泰国和印尼潜水，常常周一一大清早气喘吁吁地冲进办公室，吐着舌头告诉我们：“我刚跟老婆从普吉岛潜水回来，这次居然看到虎鲨了！”

进入海司的组，一定是我在公司期间做过的最明智的决定。而精彩生活，也才刚刚开始。

海司让我知道，原来公益不一定要成为全职的事业，它无处不在，不仅可以用来玩，而且可以玩得很尽兴！

热爱体育运动的海司，跳过伞，游泳横穿过英吉利海峡，又骑单车24小时从伦敦到了巴黎。每次他都想方设法将体育运动同公益结合，譬如在骑单车从伦敦到巴黎之前，他在一个筹款网站上设立了“24小时单车伦敦到巴黎：为津巴布韦建设学校”的项目，并发邮件告知亲朋好友，他的朋友收到邮件后，就会在这个网站上捐钱并留言鼓励。仅仅两周时间，海司就拿到了五千多英镑的捐款。

海司过生日的时候，还会跟亲友说：“我不要生日礼物了，你们帮我给某某慈善项目捐款吧，对我而言这就是最好的生日祝福！”比起挖空心思给朋友寻找合适的礼物，对方还不一定需要，以这样的慈善方式传递祝福实在是既有趣又有意义。

海司还告诉我：“你做任何事情，只要是有挑战性的，譬如登山、骑马，甚至减肥，都可以写下目标，放到网上，向你的亲朋好友募款。如此一来，每笔捐款都会给你动力，促使你努力完成目标；同时，捐款又帮助了慈善机构；而且你的家人和朋友看到你做有挑战又有意义的事情，他们也为你高兴！一举多得，多好呢！”

个人的力量太单薄，海司想把公益如时尚一般在公司散播开来。在他的号召下，我们五六个有共同的公益梦的年轻同事坐在一起，策划并开创了公司里的公益小组。我们组织了花样百出的活动为慈善机构募款，捐助对象主要是我在其中做义工的 Aidha，也有一些帮助残障人士的机构。

我们办过“电影之夜”，就在公司会议室里，用投影仪放映电影。观众每人交费十元新币，我们花两新币给他们准备饮料和零食。一天晚上下来，就可以净赚两三百新币（一新币相当于五块钱人民币）。

我们还串通好所有高管，组织了“咖啡日”：我们负责煮咖啡，高管负责满楼层地收订单，并送货到办公桌。虽然每杯咖啡定价只有五新币，但绝大多数买咖啡的人都会给更多，给足送货上门的高管面子。“咖啡日”当天，订单出奇地多，四台咖啡机都煮不过来，当天净收入四千多新币。

组织日语课程是件零成本又有趣的事。过程很简单，公司里有很多日本人，我们私下把他们召集起来，请他们志愿教授一个月的日语课。每周一节课，每节课十新币。在公司里对日语感兴趣的员工很多，报名刚刚贴出，一天的时间就爆满了。这样一来，我们不仅增进了员工对日本语言和文化的了解，以促进同日本员工之间的交流，还轻松地为慈善机构募了款。

同新加坡本地的健身房和瑜伽馆合作，也是件零成本的事。健身房和瑜伽馆提供免费的场地与教练，为我们公司员工提供室内单车、拳击和瑜伽课程。每次课程收费十新币，成为我们的募款来源。对于健身房和瑜伽馆而言，虽然没有任何显性收入，但很多职工在参加完课程之后，都注册为他们的会员，同时又帮助了慈善机构，一举两得。对于公司职工而言，他们低价参加了健身课程，并且支持了慈善，何乐而不为？

最受公司员工欢迎的还是"美食盛宴"。我们以部门为单位，请他们分别准备几道菜肴，然后在公司的大会议厅里摆好自己的菜，一边推销自己的美食，一边去品尝其他组的菜肴。品尝自然就要捐款，而且越是美味的食物就要捐越多的款，这样每个组之间就形成了良性竞争关系，大家都会竭尽全力赢得更多的捐款以夺取冠军。"美食盛宴"当天有七个组参加，菜肴丰盛得惊人，有的组做日式寿司和拉面，有的组做印度咖喱和煎包，还有的组做法式甜点。一下午时间，我们就募集了一万多新币。

让大家兴奋不已的还有"圣诞狂欢节"。我们在一个大会议室里设计了很多摊位，有的售卖圣诞节贺卡和礼物，有的售卖棉花糖、杯形糕饼和饮料，还有的提供身体彩绘和颈肩按摩，所有负责摊位的工作人员都是公司里的志愿者。当天我们还邀请乐团现场演奏圣诞歌曲，总共募集了一万多新币的募款。

我们还举办过单车环岛新加坡的活动，一共有三十多个员工参与，可以选择全程环新加坡岛，或者半程。环岛前我们开办了筹款培训课程，让他们如海司骑单车从伦敦到巴黎那样，设置自己的网页，然后分头去向亲朋好友募款。每个参与者的筹款目标是二百新币，多多益善，有一个职工自己就筹到了两千多新币。

另外，我们还把每月最后一个周五定为"牛仔裤日"。这一天员工无须着正装，可以穿牛仔裤与T恤，我们要求穿牛仔裤的职工捐四块钱，忘记穿的捐五块钱。一天下来我们可以净赚三千多新币。海司知道我脸皮厚，常常派我抱着募款箱满楼层跑。楼层的很多同事都因此认识了我，时常同我聊天，很多人告诉我，他们都有渴望做公益与创造价值的心，只是难以找到途径，而我们开展得轰轰烈烈的公益活动正合了他们的心意。通过这些活动，我们影响了很多员工，让他们在日常生活中更加踊跃地参与公益。也会有几个人，每次见我都叹气："又来募款啊？"如瘟神般避开，我心里是又难过又好笑。

短短七个月时间，我们组织了二十多次活动，总共为包括 Aidha 在内的一些慈善组织募了二十多万新币。而我深受海司的影响，工作之余和朋友组织了旅行摄影展。通过明信片与摄影作品的售卖，朋友与家人的捐款，再利用公司的公益匹配政策，即公司相应捐出相同数额的募集款项，我们总共为津巴布韦儿童募到了五万多人民币，用于建设乡村学校。当我朋友的乐团准备露天音乐会时，我成功游说了他们将免费的音乐会公益化：收取门票，然后将门票利润捐给慈善组织。当我的沙发客巍思为攀登乞力马扎罗山做准备时，我说服了他一起设置募款网页，将他的个人登山行转为公益活动。一直以来，我都感觉不到自己的工作对社会的价值，是让金融市场更流通？让有钱人变得更有钱？而跟海司在公司里开展的这场公益革命无疑填补了这块价值空洞，让我在公司的日子里内心越发充实富足。

顺利组织完圣诞狂欢节的那天，海司约我去吃饭。我问海司："你如此热衷公益事业，为何不去全职公益呢？"

"我以为你早就知道答案了！"海司笑起来，"绝大多数 NGO 和公益组织，最缺的是什么？是钱。而我们现在做的，正解决了他们最头痛的问题。投行是金钱和人力资源最集中的地方，我们鼓动有钱人捐钱，成为公益的一分子，再利用好大型公司的公益政策，这绝不比在 NGO 里全职做公益时产生的价值少。"撬动资源，才是聪明人做的事情。海司着实让我佩服得五体投地。好奇心的牵引下，我问起了他的过去。

他在津巴布韦出生长大，在南非读了计算机工程的本科和经济学硕士。毕业之后，他不想做白领，反而做起了 DJ，创建了自己的 DJ 公司，为一些公司和酒吧提供 DJ 服务。那时候他俨然一副嬉皮模样，红色长发，白天去潜水钓鱼，晚上去酒吧做 DJ。

“后来呢，为什么进了投行？你不想念那种生活吗？”我的目光中充满了遗憾与不解，把一连串问题像打机关枪似的扫射给他。

“想念，怎么会不想念呢？我多么想念那段无忧无虑、无拘无束的时光啊！可是做 DJ 玩玩还好，没有办法作为事业的。当初我选择投行的时候，是看中那里的机会与挑战。那时候我的好朋友都在竞相打赌，说我在投行不会待超过一年，可是现在我的投行龄已经有三年半了！而且这些公益活动的开展，又让我在投行里找到了新的意义。不过……这里并不是我的终极目标……”

“那你的目标是？”

“我希望攒够钱，回到我的家乡去建设学校和医院。津巴布韦是非洲最穷的国家之一，还有太多人在生死线上挣扎，我一直希望能为他们做些什么……”海司深邃的眼神伸向远方，突然间光芒闪动：“当然，到那个时候，我又可以经常去海上钓鱼和潜水了！”

那一刻，我突然明白了海司这两年来在公司发起各种慈善活动的初衷。而我多么希望，他静候的那一天并不会太遥远。

4 支教尼泊尔——雪地之光

在同事的介绍下，我认识了台湾女同事摘夕。在她温柔甜美的外表之下，有一颗有力量的心灵——她在公司里发起尼泊尔支教项目已经有两年了。

两年前，摘夕在尼泊尔旅行，遇到了几个在尼泊尔山区建设学校的香港人和台湾人。她受邀来到学校参观且做义工。回到公司之后，她又介绍了一些同事去做义工，并几次在公司里发起筹款活动。而今该项目越发成熟，每年的 4 月、10 月和 11 月，项目组都会在公司里招募义工前往加德满都的罗纳雪地之光教育学校（Snowland School）和中北部山区的未来之村学校（Future Village）。

认识摘夕的时候，她们正好在招募 11 月的团队，我毫不犹疑地加入了义工团队。临行前的两个月，我收到一封来自摘夕的邮件，通知说 11 月的义工团队已取消。究其原因，队长临时有事已离队，且团队凑不齐六个人。公司有规定，超过六个人的公益团体可以拿到当地交通补助。这个消息于我简直就是晴天霹雳，更何况我早已买好了机票，我可怜兮兮地问摘夕：

“真的没办法了吗？”摘夕无奈地回答：“很难啊，除非……你去凑齐人数，而且你带队。”

海司路经我的办公桌，看我一副愁眉莫展的样子就盘问起来。“那你就当队长呗，不就是招几个人而已嘛？”海司一脸轻松。我叹了口气：“哪有你说的这么容易！”

第二天早上打开公司邮箱，我差点没从座椅上摔下来。海司给部门上千人发了我们公益小组的月刊，在月刊中公开招募去尼泊尔支教的义工，并声明我是队长。我是又惊又喜又怕：惊的是海司居然不担心我分心，耽误工作；喜的是我尼泊尔支教的心愿有希望达成，怕的是自己没有经验带领团队。几个小时之后，一封封报名邮件接踵而至，一支七人的支教团队很快就成形了。我欣喜不已，跑去向海司汇报好消息，他故作平静地说：“这可是件锻炼能力的好差事，快好好准备吧！”

这确实不是个易差：团队成员来自不同部门，印度人、新加坡人和印尼人都有，行事风格各异，另外还有两人与我老板平级。准备尼泊尔支教的两个月里，我们每周例会，堵在紧张地设计着在两所学校的课程安排与募款活动。

还未等我们迈入雪地之光学校的大门，就见全校上下一百五十多名学生穿戴统一、队列整齐地站在操场上高声欢呼起来。紧接着校乐队齐刷刷地出列，音乐奏响，学生和老师们专注地高歌起来，一首接一首。歌声未落，一列队学生跑到我们七个义工面前，把金黄色的传统长巾挂在每个人的胸前，深深地鞠了一躬。温暖的阳光穿过冰冷的空气洒在肩上，我们七人惊喜又感动地看着彼此，不知所措。来之前摘夕提醒过我们，学校会热情地迎接，可万万没想到，热情的标准却犹如政府领导人的待遇。

雪地之光的创始人是来自于尼泊尔喜马拉雅山下一个小村落的祖古仁钦仁波切，他是少数不建寺院、致力于救济贫苦儿童的密教上师。离乡多年，他念念不忘家乡的贫困与教育问题。于是在 2000 年，他为喜马拉雅山区孤儿及贫童，创办了这所“罗纳雪地之光教育学校”，为孩子们提供免费受教育的机会，希望教育能为他们带来不同的未来。之所以把校址选设在加德满都，祖古仁钦仁波切的考量是，大城市可以让孩子们获得先进的科技和完整的资讯；另一方面，外来资源的补给也更为快捷。而今学校已有157名学生。

很多来学校就读的孩子，当初都要风尘仆仆地走七天路，翻山越岭到达一个小镇，再转很多次汽车才到达加德满都。十几天后当他们终于抵达学校时，个个穿着陈旧无比的万年衣，又饥又渴又脏，头上长满了虱子。入学第一件事情就是洗澡和理发，有的孩子因为头虱太多必须剃光头发，且不分性别。

来回路费于这些孩子的家庭而言简直是天价，于是大多数孩子自从来到学校之后，就再也没有回过家，很多年都见不到爸妈。一年前摘夕带着义工团队筹款设立了“回家基金”，让优秀的孩子有机会回家探亲；同时也设立了“大学奖学金”，资助考上大学的孩子全部的大学费用。

虽然这些孩子看起来有些瘦削，但他们活泼开朗，充满朝气。正如这里老师教导他们的——志当存高远，很多孩子都立志做医生和老师，期待有朝一日回到家乡看病救人，或改变那里的教育现状。

我们在这里的使命很简单：给他们带来一些知识与快乐，并让他们知道，在世界的另一端，仍有很多人们在关心他们。我们为孩子们设置了英文课，知识竞答和包括Jenga在内的诸多游戏。他们尽情享受着我们带来的每个惊喜，而他们的聪颖敏锐也让我们惊讶不已。一次舞蹈课上，我们教他们跳“江南 Style”，孩子们跳舞时爽朗快乐的笑声划破了碧蓝的天空，我们捧腹笑着坐在地上爬不起来。

短短两天时间，我们每个人心中已形成了自己的“最爱”，聪颖的，调皮的，任性的；而孩子们也一样，有他们的“最爱”，单单听临行前他们奔跑着大喊的我们的名字就知道了。车子驶出学校的时候，车里的每个人都沉默着挥手望向学校，直至孩子们在视线中消失。

在学校里的那两天，我总是在问自己，我们千里迢迢而来，毫无教育经验，究竟给孩子们带来了什么？离开学校前我看到学校墙上的一句话，正回答了我酝酿已久的问题：在这个星球上，我们也许并没有能力做伟大之事；但可以用充满爱的心，做好每件微不足道的小事。

5 支教尼泊尔——大山里的娃娃

远处，覆盖着苍茫白雪的山头飘浮在空中，朵朵白云竞相簇拥。近处，慵懒的河流绕过山谷，一个个橙色的小房子点缀在错综的亮绿色梯田之间。这里是未来之村，坐落在尼泊尔偏远的 Katunge 地区。清早从加德满都出发，一路看似有路实则无路，车子跌跌撞撞，我们屁股开花，七个钟头之后，总算到了。

未来之村是一个香港人类学博士在做田野调查时，与当地背夫 Dambar 一起创建的小学，为村中一百多名孩子提供教育机会。他们于 2004 年开始筹集资金兴建，至今已经有八个年头。如今政府已经建设了公立学校，孩子已不再就读于未来之村，但他们每天上学之前与放学之后，都会来到这里，接受国际义工老师的课外补习和图书馆阅读课。而未来之村也已发展成为一个非政府组织，不仅提供课程，资助村里的优秀学生去城市学习，还为七百多名村民提供清洁的饮用水、免费体检和牙科服务。在一些捐助者的支持下，现有一栋两层高的房子，作为办公室，并为来自世界各地的义工提供住宿。

“Namaste！喝杯茶吧！”清晨5点半，我们刚爬起床，如今未来之村的负责人 Dambar 就端来几杯奶茶。我们坐在梯田边，手捧着热乎乎的奶茶，倾听着风的歌唱。我静静望着朝阳的绚烂霞光四散在远处八千多米高的 Manaslu 山脉上，惊觉对于世界和人生，我实在是知之甚少。我们要尽快准备起来，6点钟村里的孩子们就要到了。

视线远处，孩子们陆陆续续出现，他们沿着点缀着橙红色小屋的蜿蜒小路上奔跑，不一会儿就站在了我们面前。他们从5岁到12岁不等，简单，目光清澈，笑容灿烂。

我们为他们准备了英文课、自然课、舞蹈课，和室外的羽毛球与足球比赛，还带来一百多块肥皂、牙刷和牙膏，教授基本卫生常识和生活习惯。我们本好意带给他们糖果，第二天却惊见学校周遭净是丢弃的糖果纸，于是我们临时增添了环保课程，教给他们垃圾的危害及如何为垃圾分类，并带着他们做了业瑜伽（Karma Yoga），即漫山遍野地捡垃圾。

在这里，我们生活得朴素却快乐。几个人挤一个房间，睡硬板床，日出而作，日落而息，每天晒太阳，观云朵，吃简单的 Dhal Bhat，跟单纯的孩子们和山中的狗做伴。一次跟孩子们放肆玩耍的时候，我迷惑起来，究竟是谁受益更多呢？是他们，获得了更多知识，更加清洁健康地生活了；还是我们，这些在大城市中拼命追逐更多、复杂麻木的义工，却在大山里蓝天、雪山、孩子们纯真笑容的净化下，变得简单、快乐，目光明亮了呢？而我们去支教的意义又是什么？倘若不去打扰那些山民，让他们保持原本的模样，没有了比较便不知贫穷，如古代一样，各个国家互不知晓，互不干扰，自由发展，保持原有的幸福，不也挺好吗?

我想不出完美的答案，能说服自己的，是选择，给山里的孩子们知识与信息，使他们拥有更多自由选择未来的权利。另外，我们须尽力不去打扰他们原有的生活方式，我们去融入，用互相的物质与精神交换，使我们同山民及孩子们的关系达到一种平衡，使得项目可持续地发展下去。

回新加坡后，我们继续着每周的例会，并几次发起筹款活动。我们用在尼泊尔拍摄的照片，设计并印刷了1000册日历和1000张明信片，并订购了上百条尼泊尔牦牛毯子，然后在公司里面举行义卖活动，筹得了一万多新币。我们用这些钱，为雪地之光的孩子们购置了入冬的毛衣，剩余的用作“回家基金”。

坐在办公室里，我时常想起山里那些脸上刻写着幸福的村民和孩子们，恍如隔世。

6 我心尚未崩塌的地方

我们部门的主管是个快要 40 岁的女人。每次我加班离开办公室的时候，总能看到她形单影只地坐在办公室夜战的背影。她真的快乐吗？她的女儿和丈夫缺少了她的陪伴，会快乐吗？没错，她是拿着高薪，开着宝马，拎着普拉达，踩着迪奥，众星捧月，一呼百应，可是我好像并不羡慕她，反而想去抱抱她，让她歇会儿。她的内心会不会很孤单呢？有一天她离开高管职位的时候，她是否还会有真心的朋友，是否仍有人关心她呢？

而我，即使拼了命地努力，十几年后到达她的位置，但那种生活似乎并不是我想要的。我更喜欢现在的生活：没有平方米，却有故事；有时间和家人朋友在一起，读万卷书，行万里路，漫无目的地玩音乐、搞艺术、讨论无实用价值的哲学。面对死亡时没有数不完也带不走的钞票，却有饱满无悔的生命。

我脑海中又闪过一幅幅画面。和初恋男友去泰国旅行，凌晨 3 点半到达城市，为了省一个晚上的房钱，俩人干坐在廉价旅店门口准备靠到天亮再入住。我们并肩坐着憧憬未来变成有钱人后的生活，互相安慰说：“以后我们赚很多钱，就再也不用这样受苦了！”旅店老板看到我们，同情心大发，安排房间让我们入住只算第二天的房钱，我们击掌、拥抱，觉得这个世界简直太美好了！

还有一次，早上6点钟的飞机，为了省房钱，我晚上就来到机场，找准角落，摊开睡袋，定上闹钟，半睡半醒地熬过了一夜。真记不清自己在多少个机场度过了多少个不眠之夜，又多少次赖在机场餐馆的长椅上，清晨被餐馆的工作人员摇醒：“快起来别睡了，会影响我们做生意的！”

大学里实习打工勒紧裤腰带去旅行时，总期盼自己将来会有份薪水不错的工作，这样生活品质会提高，旅途中再不用逃门票，再不用担心吃住费用。我想，那时的自己一定会很快乐。但现实并非如我所愿。工作之后，有很多推不掉的饭局和聚会，穿戴比以前讲究，每个月攒的钱也并没有想象中的多。虽然仍比学生时代富裕很多，而我并不比原来更快乐。有时跟高管坐在高级餐馆里享受着上等服务，应和着看似有品位的浮夸的话题，我却想念起学生时代跟三五好友路边吃烧烤侃大山的岁月。

我开始质问自己，你想成为什么样的人？心底隐隐约约地发出一个声音：“有色彩，心中充满爱，勇敢追求梦想的人。”然而在我低头的瞬间，却失落地发现了一个麻木又彷徨的女孩。我还要在这里待多久？映入脑海中的，是环球旅行，是社会企业，是一间色彩斑斓的咖啡屋。环球旅行，就趁年轻吧！现在的我父母健康，自己身体健壮，且又一无所有，不怕失去，那么还等什么呢？

海司对于我的决定并不惊讶：“去吧，我多么羡慕你。旅行到津巴布韦站的时候告诉我，我让朋友带你去看看我们一直在为之努力的乡村学校！”

每一个离开公司的人，临行前都会给同事们写一封告别邮件。投行里的员工流动率非常高，在职的20个月里，我收到了不少这样的邮件。它们通常不会超过二百字，文书正式，朴素简要的两段式：第一段感激与大家的相处；第二段留下联系方式。同他们一样，我也写了封道别信给关系不错的同事，只是内容有些许不同。

亲爱的朋友们:

明天是我在公司的最后一天。同你们相遇，在一起工作，真好。感谢你们给予过我的帮助。

不要惊讶，也不要急着问我即将就职于哪间公司，或者去哪所名校深造。皆非。我打算给自己一年时间，做些沉在心底很久的事情。

我想回家，陪陪家人。离家已七年，一直为学业和工作奔波，忙忙碌碌，时常连春节回家的机会都没有。

我想去看看世界。重走古丝绸之路，参加美国的Burning Man，去中南美洲，跟南极的企鹅一起跳舞，这些一直在我的梦想清单上，我想趁年轻一一将它们实现。

我还想好好地同自己相处，明晰自己的心。一直以来都在做加法，也希望能做些减法，也许生活中的很多事并没有想象中的重要。我想看清楚自己的心，明白一些道理。

我的私人邮箱是：sunyifan315@gmail.com。常联系，多保重！

Peace，Love & Ice-cream（安宁，爱 & 冰激凌）

一帆

各种邮件回复接踵而至。其中一封来自娅蔻，她是我在伦敦培训时期结识的日本办公室的朋友。她在信里写:“若不是你，我快要忘记那个开心理诊所的梦想了。工作久了，麻木得几近窒息。谢谢你及时提醒了我，也许是时候去念个心理学硕士，追求梦想了。”这封邮件甚至还在伦敦办公室散播开来，甚至还有些素不相识的同事写邮件向我表示赞许与感谢。

我入职时的部门主管也约我喝下午茶。他是个四十多岁的英国人，十分绅士，在公司级别很高，受人尊重，却从不流露自己的想法与情感，大家议论纷纷却总也琢磨不透。我怀着忐忑又好奇的心赴约，他眼中闪动着光芒："我真的很羡慕你。我年轻的时候，最想做的是足球运动员，但因考虑太多现实因素，进了投行就再也没有回头。倘若我还像你这般年轻，我会做你现在的选择。去吧，别回头！"

还有一个在另一间投行做 Director 的澳大利亚朋友，他曾经两次去周游世界，当他得知我辞职的时候，羡慕地说："真好，别再回来了。我若是你，能不回来就不回来。"我震惊地看着他："你是拿着高薪、一呼百应的高管啊，怎么会说这种话呢？"他长叹一口气："在投行里是没有权利谈论梦想的。你真觉得有人真正热爱投行里的这份工作吗？"

虽然周围仍有不少质疑声，但我却也接受了大把的支持与祝福。很多人都叮嘱我："记得在 Facebook 上多发些照片，看你的旅行和生活，让我觉得自己也在路上。"似乎我是背负着很多人的梦想一起出发的。

chapter 11
白日梦

1 没有钢琴也要考十级

我家里的音乐根是爷爷扎下的。他生前教给爸爸两件事，拉手风琴和做个好人。爷爷小时候因家境困难辍学，在铁路边拾煤渣时被红军队伍收走了。一直没有放弃读书念头的他，多年后自学考上大学，学医。那之后他时常日夜固守在手术台上，包括每年的年三十。唐山大地震那年，无数人在地震中因感染而患上了脉管炎，爷爷带领的医疗队伍是全国唯独两支脉管炎

死亡率为零的。在家中爷爷总是很内向，喜欢静静地拉手风琴。

爸爸第一次接过爷爷的手风琴时还很小，他小小的身躯抱着硕大沉重的手风琴，刚坐在木板凳上，就一下子向后仰了过去，四仰八叉地躺在地上哇哇大哭。后来他还是把爷爷的宝贝练得精湛，让爷爷很是得意。

在我 4 岁那年，爷爷因肝癌离世。我年少不懂事，只记得数不尽的人涌在奶奶家楼下磕头痛哭，爸爸说那都是在爷爷手术刀下拣回一条命的人。爷爷过世后爸爸说，一帆，咱们学琴吧。

在爸爸看来，音乐之中钢琴为王，小提琴为后，他想给我买钢琴；却又怕我学两年就没了兴趣，昂贵的钢琴变为废品。于是他买了一台电子琴，陪我学琴，一晃就是六年。

我对爸爸的感情，是又怕又爱，怕的是他严厉无比，我每天须练琴两小时，假期七小时，倘若有一丝懈怠，便有棍棒伺候。爱的是他为我倾尽心血，师从市里最好的老师，即使风雨交加也要带我去上课。有一次大雪漫城，楼下的公交车暂停营运，于是爸爸带着我驻守在白雪皑皑的空荡荡的马路上，拦截过路的卡车去市里学琴。终于拦到一辆车，他一把举起我来搁到卡车上，自己却没踩稳，扑通一下滑了下去，摔在雪地里，我在卡车上吓得哇哇大哭。为了训练我比赛时不怯场，视观众为空气，爸爸还带我去大商场里的乐器楼层，厚着脸皮跟店员商量，让我在大庭广众之下弹电子琴，同时还能为他们招揽生意。每次比赛都是爸爸送我去，逢冬天我的手会被冻僵，上台前他总会用大手掌使劲搓我的小手，直到温热，然后拍着我肩膀说："去吧，别怕，我在这儿呢！"在他的陪伴下，我连年在省市各大比赛中抱回一等奖的奖杯。

在我 10 岁那年，爸爸因工作原因去斐济一年。我像只撒了欢儿的羊，很快便把八级考级的事抛之脑后，果断地把电子琴罩了起来，再也没碰过。时隔多年我才发觉，这份内疚竟在我的心底埋藏了多年。

高中时代高压又苦闷的住校生活使我陷入了不安，唯一让我内心安宁的片刻，便是课余时在学校琴房弹钢琴之时。高二的尾声，我终于迎来了曙光——一份新加坡国立大学的全额奖学金录取通知书。终于可以大声向高考说拜拜了！

一天晚饭过后，我跟爸爸提起自己有个考钢琴十级的梦想。第二天爸爸却挂电话过来："刚刚帮你补报上钢琴十级的考试，还有一个月时间。我从许叔叔家借来了钢琴，送去姥姥家了。快去许叔叔的琴行找个老师吧。"我惊住了，我的话明明是玩笑的。"你就当是练着玩吧！"我立在原地，愣了半饷。

一个月考十级确实像个玩笑，大多数老师在听了我的状况后，都斩钉截铁地说不。终于，在我的恳求下，市里有名的戈老师收下了我，"收你可以，不过，对外就不要说你是我学生了。"

刚回到家，许叔叔就打来电话介绍他女儿的钢琴老师文给我做陪练。老妈在一旁侧身听着，不解地问："这么折腾又花钱，何必呢？想要个十级证书跟妈说一声不就好了，甘石桥附近办假证的，20 元一张。""妈！"我委屈地瞪了她一眼，回屋了。

临考 31 天，一天 10 小时，我为自己定下规矩。第二天清晨我起了个大早，直奔外婆家。外婆外公仍在加拿大探亲，家中空了半年多，空调坏了也一直没修。时值盛夏，即使把风扇开到最高挡，我还是挥汗如雨，闷热的天气简直要把我吞噬掉。我顾不得什么形象，反锁了门，拉紧窗帘，脱得只剩内衣坐在钢琴前苦练。

成长过程中，我早已习惯被教导去做该做的事情，不管自己是否有兴趣；唯独这一次，是自己的选择与向往。"管他什么结果，就尽情地玩好了！"我默默地告诉自己。这种无所畏惧反而让我享受起在键盘上的每分每秒，有时甚至会进入身心两忘、失去时空知觉的状态，喜悦地沉浸在音乐中，无法停下手指；又好像被更强的力量附体，失了控。一天十个钟头，常常在不知不觉中一晃而过。

没过几天，我高昂的练琴热情就被打击了。先是右手的手腕因过度用力而受伤，紧接着小拇指的关节也因跨八度太用力，疼得不能碰。每天练琴至深夜回家，爸爸都在家中等我，给我上好了药再去睡；清晨我醒来时，他都在用红花油摩擦我的手腕和小指。

每次去戈老师家上课，我的进度总能让他有些惊讶。而我的陪练老师文更是跟我投缘得很，他甚至告诉我："你不要隔天来了，还是每天都来吧。收费不变。我觉得你十级能过，不推你一把可惜了！"课下他还会教我打架子鼓，他用钢琴弹奏爵士旋律来和，这让我觉得音乐这玩意儿，真是好玩极了！

十级，通过了！当接到通知的时候，我差点喜极而泣，而爸爸显得比我还要激动。我不知该如何表达对爸爸的感激，他为我的生命带来了两份大礼：音乐，以及对我做白日梦的宽容。在后来那些彷徨与焦躁的岁月里，每每坐在钢琴前，我总会生出一种沉静的力量，一种回归自我的力量。我不知道，钢琴十级这事，算不算运用了我多年后读到的"吸引力法则"；那时的我只是深深地觉得，只要心在那里，再不可能的白日梦也是有可能被实现的。这件事成为我人生中的能量源头，从那时起，再不可能的事情，我都愿意试试看。

一年之后，在新加坡攻读大学预科的我，收到了陪练老师文的邮件：

一帆，你好！

在新加坡还好吗？我即将出国深造。其实一直想对你说声谢谢，你也知道，原本我只是个平凡的高中教师。要不是受到你的影响，我可能一直都觉得出国深造是个永远不可能实现的白日梦。

祝一切顺利！

文

我读着信，想哭，但是笑了。

2 过一把指挥的瘾

一天，我走在大街上，一个陌生人快步拦下我说："我听过你的音乐会，当时你在台上指挥，简直帅爆了！"我心中一惊，猛地笑起来，对呀，当年我还是个指挥呢！

最初让我萌生指挥念头的，是一场口琴音乐会。如往常不同，那场音乐会的指挥是位阳刚与阴柔并集的女性。她身着一袭黑色燕尾服，英姿飒爽，整个乐团跟随她时而激昂、时而婉转的情绪波动，观众的心全部被俘获，难怪说指挥是乐团的灵魂。我热血沸腾地狂想："真希望有一天自己也能如此般站在舞台上！"

音乐会结束后，我给爸爸打电话分享了这次经历："我也好想学指挥啊！"两天后，爸爸打来电话，说他联系好了山东大学音乐学院的声乐指挥麦教授，会在我回国之际安排些基础课程。没想到爸爸再次把我不靠谱的激情当真了："爸，我昨天有点激动，说着玩的！""没事啊，学着玩呗，艺不压身。"爸爸总是用"艺不压身"这四个字来放任我的诸多非分之想。

暑期结束同麦教授的课程过后，我刻意去了大学里各个社团的招新会，继续搜寻着学习指挥的机会。学校艺术中心下的华乐团引起了我的注意：这个乐团很专业，每年在去欧洲的比赛中总能取得很好的名次。乐队指挥姓蓝，是新加坡国家华乐团的前任总指挥。“招收学习指挥的学生吗？”我掩饰着兴奋之情，小心地试探负责招新的学长。“不收，我们只招收学乐器的同学。”我极力请求他帮我联系蓝老师，他有些无奈：“好吧，我去问问看。”回到家后，我认真地给蓝老师写了封信。没料想几天后，那位学长便联络了我，要我在乐团训练时去一趟。

那是我第一次亲历足有七八十人的大乐团排练。蓝老师大约六十多岁，精神矍铄，风度翩翩，指点乐团时和蔼又随性，如老顽童般嘻嘻哈哈，玩笑中又带着几分正经。我安静地坐在排练室的小角落，充满敬仰地观看蓝老师排练乐曲《满江红》，默默希冀有一天能够拥有他的力量。

终于，蓝老师望向角落里的

我:“要不要上来试试? ”我兴奋又紧张地望向乐团，他们的目光中带着好奇与友善。“放轻松，指挥可是件好玩的事！”他向我讲解起乐队总谱的读法，需要一目十多行。蓝老师要我仔细观察他如何读谱与指挥，然后笑眯眯地把指挥棒递给我:“该你了！”我心跳加速，手心出了汗，几次都没跟对小节，难堪不已。“你怕什么? 我又不吃人，吃人的是你的心。”蓝老师乐呵呵地说，“你是心，是灵魂，乐团是你的手足。你不放松，被手足带着跑，这场舞蹈可就不好看喽！”

那之后，每周我都会来参加训练，蓝老师指挥上半场，我指挥下半场。在我眼里，蓝老师是位毫无功利心的长者，谈论音乐就像谈论人生，我时常觉得他就像从《道德经》里蹦出来的老子。他走过万众瞩目的光华岁月，而今留在这个学校的乐团多年，纯粹就是做点自己喜欢的事，带着一群同样热爱民族乐的年轻人一起玩；而真心爱玩才能长久，才玩得出名堂。

一年后，受一位好友相邀，我参加了学校里隶属华会的华乐团的竞选，幸运地当选为组委会主席。这个乐团会员不少，但精通乐器的并不多。上一届组委会将少得可怜的启用资金和几把破旧不堪的二胡和琵琶交接给这届组委会的时候，我们面面相觑，几近泪奔。终于我强打起精神，充满阿 Q 精神地对组委会说:“这可是从无到有的过程，如同创业，多好玩！”

我们收纳了一百三十多名会员，又煞费苦心地请来了新加坡国家华乐团的前任笛子首席来做音乐指导与指挥，并请来一些学生乐器高手来做各个乐器小组的辅导员，终于启动了每周的常规训练。一年下来，我们也折腾了各种活动，从中秋晚会到春节晚会，从摊位义卖到敬老院演出。同时我也养成了不少职业病：每逢听到好的华乐曲目，就一心找来总谱给乐团练习；每次遇见华乐高手，心底就只会冒出两个字——收了，乐团中好多辅导员和乐手都是被我软硬兼施地“收”进来的。

按照往年的传统，一年中最重要的活动是学年末的大型汇报演出。我们野心勃勃地租用了学校最好的音乐厅，一整个学期都在为准备演出而忙碌。我们费尽心思请来的乐团指挥，教课水平并不高。当大家为演出忙得焦头烂额之时，他再次提出要涨工资，否则就罢演。我们终于决定不再挽留；而我，还没来得及从不愉快中走出来，却已在大家的鼓励下，意外做上了音乐会的艺术总监及指挥。

我们把演出主题定为《蜕变》，因为乐团的成长过程里，充满了蝶变的力量。拉赞助，选曲目，设计海报与曲目介绍册，研究舞台音响与灯光效果，售票，终于，我们盼来了演出那天。看着观众们陆续入场，450 人，Full House（厅满）！我们在后台惊声尖叫，相互拥抱。

主持人身着旗袍，笑靥如花，用她那甜美动人的声线开了场："请欣赏《瑶族舞曲》，有请指挥孙一帆。"整支乐团肃然起立，台下掌声雷鸣。舞台灯光亮起，送我一路走到台中央，这几步走得如此欢畅，我像快要从西装里蹦出来一样。面对台下四百多名观众，我深深地鞠了一躬。

转身面对与我同甘共苦一整年的乐团兄弟姐妹时，我脑海中浮现出一幅幅画面：他们常嘲笑我这个主席更像个幼儿园阿姨，总是手舞足蹈地下达指令："这位小朋友你的 FA 拉高了半度。""那位小朋友你下周把筹款项目书写完好吗？"他们也会笑我像个铁血司令官，训不好乐团、售不够票绝不罢休。脑海中又闪现过两个月前大家因赞助没找足、焦虑地开会的场景，更有过去的一个月里每周一次的训练变成四次、没日没夜地卖命练曲目的场景。而这一刻，我扫过乐团每个人的面庞，他们都在含情脉脉地向我微笑，仿佛我变成了他们的孩子。吸气，挥臂，第一曲《瑶族舞曲》奏响。

而站在舞台上的我，似乎忘记了一切。手中的指挥棒点燃了硕大的音乐厅，静谧、高昂、喜悦、忧伤，一切尽在我的呼吸之下。

3 不是摄影师也要办摄影展

我接待过一个摄影师沙发客，他叫黛峰，来自美国。从名校毕业后，他留在学校的生物实验室中做研究员。每天的工作很单调，就是往一个花盆里放置土和化学物质，然后花很多个小时等待实验结果，用他自己的话说："工作枯燥到可以训练一只猴子来完成。"

黛峰真正的梦想并不在于生物研究，而是摄影。一年前他终于鼓足勇气，辞去工作来到亚洲旅行，追寻他摄影师的梦想。有绘画功底的他很快掌握了各种摄影技巧，作品也很快得到各界认可，甚至连《孤独星球》的项目经理都找到他，邀请他加入团队。而今黛峰在东南亚已两年时间，旅居各国，卖出了不少摄影作品，小有名气。他告诉我："活在自己的世界里很简单。你可以称之为梦想的，就该拿出勇气来陪它走一程。"

一天，看到黛峰在Facebook上分享他在美国一间咖啡馆举办摄影展的照片时，我蠢蠢欲动。虽然我非摄影专业出身，但和大多数热爱摄影的人一样，也做过办摄影展的梦。为什么不可以呢？也许我也可以策划一个"旅行摄影展"，展出在各国的摄影作品，并鼓励更多年轻人去旅行与追梦呢！

想到合作搭档，我脑中迅速闪过了芸。那个女孩聪颖干练，又酷爱旅行，我们六年前便在博客上彼此关注。最近她在电台做兼职，在一期旅行节目中采访了

我，终于在现实生活中相识。我立即联系了芸，解释了自己的想法，我们一拍即合！

原本以为办摄影展不过是找个展览地贴几张照片的简单事，现实中却困难重重。寻遍新加坡的画廊和展览馆，场地费最低也要一千多新币，对刚刚大学毕业的我们而言，根本承担不起。那就找间咖啡馆，走小清新路线好了！

"可以，不过要收场地费""不行，风格不合适"，在几间咖啡厅碰了一鼻子灰的我们，正沮丧地走在回家路上。这时路旁的Full House Cafe吸引了我们的视线：日式小清新，五星级宾馆楼下，宽敞明亮又温馨，附带精美小庭院，因刚开张不久，崭新的白墙未经装饰。完美！我们不假思索地跑去找老板商谈，同样热爱旅行的老板当场应允："你们尽管去做吧，场地免费，照片冲洗费我出，一定要把咖啡厅装饰得漂漂亮亮的！"

于是我们轰轰烈烈地行动起来。主题设置、照片选择与处理、相片的尺寸、哪间冲洗店物美又价廉、如何安排墙面布局、宣传海报与视频，每一件小事都比预计中更加烦琐。为了节省经费，我们放弃了购置相框的计划，而是买来大张黑色硬底板，亲自剪裁与粘贴，并用特殊的胶粘置于墙上。我和芸每天都是上百条的短信往来，活像"情侣"，却又分工明确：我主内，负责项目运作，包括网站制作与明信片设计；热爱传媒的她主外，负责联系报社与杂志社，推动摄影展的宣传。

受上司海司的影响，我们将摄影展策划为公益性质：通过摄影作品和明信片的义卖与捐款，为津巴布韦的乡村儿童募款建设学校。之所以选择这个慈善项目，是因为海司运作该项目多年，项目成员都是不拿工资的义工，能够保障善款全部被投入学校建设，而不会进入运营经费；同时，这间机构经英国注册，符合公司里公益匹配政策的要求，可以得到公司相同数额的捐助。此外我又深深觉得，"授人以渔"胜过于"授人以鱼"，支持教育比支持粮食更加可持续，粮食吃完了不再有，教育给孩子们带来的却是终生受益。

最终在摄影展上我们一共展出了三十多张作品，也展出了我的"冰激凌环游世界”项目。为了吸引更多人来访与捐款，我们又精心策划了三场分享会。两个月时间里，我们募集了近五万人民币的善款。

每一场分享会上，我们都会请来特邀嘉宾做演讲，其中一场的特邀嘉宾是海司。那时他卧病在床，两天没来上班。分享会当天，我焦虑地发短信问他：“病好些了吗，今晚还会出席吗？”他回短信道：“只要我还活着，就会准时到场！”晚上我看着海司在妻子的陪伴下，拖着病重的身体，用沙哑的喉咙认真地向在场观众介绍津巴布韦乡村学校建设项目的时候，我感动得一塌糊涂。有这样的上司，真是前世修来的福分！

摄影展过后，在济南的两间咖啡厅的邀请下，我又策划了两场摄影展和分享会，并受邀去高校和小学做关于旅行与梦想的演讲。每当收到来自陌生人的来信，告诉我他们受到鼓舞去追逐梦想的时候；每当一些小朋友充满纯真与渴望地告诉我，“姐姐我也有许多白日梦，我也想像你一样勇敢”的时候，我总感到欣慰，原来分享不仅是自我热情的表达，更是能量的传递。

一天，我收到磨铁图书公司的来信，问我是否有写书意向。那一刻，我几近热泪盈眶。因为写书，是在我 19 岁那年于博客里记录下的白日梦之一。

不知是否是天性使然，年少时我常会被老师、同学和长辈嘲笑天真：“嘿，别再白日做梦了！”那时的我，只得默默地写下自己的梦想清单，小声地告诉自己：“至少我拥有做梦的自由。”而现在，我只想大声地喊出来：“白日梦，也有被实现的可能！”

chapter 12

孩子，
我想带你去看看世界

1 遇见旅人父子

终于到达吉尔吉斯斯坦了。

我找到奥什镇上的一家小旅店，刚刚放置好行李，就听见对面房间里传来几句中文。我好奇地凑近，这时一个中年西方人走了出来，还没等我解释，对方就微笑着说："你是中国人吧？我妻子是台湾人，我儿子也讲中文，刚才他俩还在用中文Skype呢！"说着便挥手招呼他儿子过来，那男孩清瘦小巧，生得眉清目秀。

他们来自瑞士，父亲叫泊露，儿子叫松雁，今年10岁。一年前他们买了一辆越野车，从瑞士出发，开始自驾车环游世界，至今已在路上九个月了。他们一路经过东欧与前南斯拉夫，又穿越了中东，最近两个月在中亚。泊露告诉我，在松雁5岁那年，他们就买了一辆双人自行车，两人用了五周时间骑行日本北海道；松雁7岁那年，他们又一起骑单车穿行了美国西部的两大洲；松雁8岁时，他们骑车穿越了俄罗斯西伯利亚。我认真地听着他们的经历，好像一个美妙的童话。

一路上脸皮越磨越厚的我，初识便莽撞地问道："可不可以搭你们的车一起去比什凯克？”泊露显得有些尴尬：“我们不载搭车的呢，我看你还是拼车比较好。我们是懒脏慢小队，走走停停，没有计划，到比什凯克都不知道是哪天了！”

闲散的一天过去了，傍晚听到敲门声，原来是泊露父子约我去城南的加州餐馆吃饭。

坐在餐馆里，小松雁说他们已经很久没有下馆子了，显得兴奋不已，可是他们却只点了两份沙拉。我这才知道，他们并不富裕，两个人每天的预算只有20美金，还要包括汽油、食宿等全部开销。路上的九个月里，他们很少下餐馆、住旅店，大部分时间都是自己生火做饭，夜晚常常投靠本地百姓家，或是睡在车里。前段时间他们在塔吉克斯坦的帕米尔高原，连续几周都住在百姓家里。这次住小旅馆被我撞见，是因为松雁想给妈妈打一通网络电话，他们居然已经三个月没联系了。

我仔细端详着面前的泊露，他文质彬彬，流露着阳光般的笑容，我好奇地打听起他的故事。泊露今年38岁，出生在瑞士的法语区日内瓦，17岁开始便去亚欧各国背包旅行了，也曾在中国待过两个月。他毕业于一所欧洲名校，学习林木工程。后来为瑞士政府工作，被调去尼泊尔，负责一些林木工程的项目。在那里他遇见了一个可爱的台湾女孩，不久便结婚生下了松雁。

“我一直觉得，在真实的世界里走一遭，比学校书本上教授的知识更有价值。而能带着我儿子去看看世界，实在是我作为父亲能送给他的最好礼物。”泊露的眼睛里闪烁着光芒，继续说道，“一年前我辞去工作，也安排松雁休学一年。办理休学手续时，学校居然将此事举报给了警察部门，说我涉嫌拐卖儿童！警察部门格外严肃地调查此事，几个月后，我们终于踏上了这次旅程。走之前我取消了自己的医疗保险，拿回不少钱，才算凑够我俩一年的盘缠！”说着说着，泊露放声笑了起来。

餐桌上泊露时不时和松雁开两句玩笑，甚至还讨论松雁会对什么样的女孩倾心。与其说他们是父子关系，还不如说是忘年交。

“刚才有看到我们的车吗？”泊露问我。我尴尬地吐吐舌头：“没有啊，进门的时候有些匆忙。”“有没有搞错？那可是餐馆门前最壮观最夺目的景观啊！”他显得有些失望，很快眉心又舒展了开来：“想不想看看？”我兴奋地点点头，跟他们走了出去。

是一辆红色丰田越野车，浑身上下尽是泥，壮观不至于，倒是脏得夺目。越野车被封得很严实，里面贴着防窥视的纸，还布置了很多帘子，外面的人通过窗只能看到驾驶与副驾驶座而已。我好奇车里面的布局，于是泊露打开了后门，让我一探究竟。车厢中井井有条，还有精心的分区，包括生火做饭的厨房区，家庭用品摆放的区域和休息区，各种功能俱在。麻雀虽小，五脏俱全，简直就是一个小小的家。

“这些都是我做的，”泊露淡淡的语气中透露着自豪。“什么叫你做的？你设计的？摆放的？”泊露答道：“我设计的，也是我制作的。为这次旅行我整整准备了半年，那时我买来钢铁和木材等原材料，自己敲敲打打做成了厨房的灶子、书橱，和各种储存箱，还有前面的收音机和扩音器，也都是我组装的。你别小瞧这个硬沙发，晚上支上我组装的木板条后就是我们的床啦。”

我惊讶不已，泊露继续说：“其实这根本不是什么家用越野车，是我花了5000欧元买的二手货车，以前用作山路运输的。我把它从原先的深蓝色漆成了红色，显眼，所以路上事故少点儿。我可是花了不少精力把这些部件拆了又换的，你看车的前面后面都被我换上了最结实的钢材，好几次其他车撞上我们，他们的车被撞烂了，我们的车却一点儿事没有。”说完，泊露哈哈大笑起来。

我可真希望跟这对真诚又传奇的父子走一程，可惜天公不作美啊。我偷偷跑去前台点了三份甜点，又把账结了，想帮他们节省些开支，也作为告别。

回到餐桌上，我突然开始出冷汗，肚子痛得让我禁不住发抖。我早已习惯一个人在路上，可最怕的就是遇险与生病，每逢此时我就会特别想家，想念妈妈请假在家烧水喂药照顾我。泊露见我疼痛难忍，二话没说回到车上，找出止痛药和肠胃药，关切地看着我把药吃了下去。

我们一起回了宾馆。看着面无血色的我，泊露问我："要不明天就上我们的车吧！你都病成这样了，还要一个人去拼车，我们也不放心啊！"他又犹豫了一下："睡袋够厚吗？我们可是要在零度以下的荒郊野岭露营啊！"我欣喜若狂，没有理会自己轻薄的睡袋，毫不犹豫地撒了谎："睡袋够厚，放心！"松雁倒是很开心，就要多一个可以跟他一起嘻嘻哈哈的小伙伴了。

虽然肚子还是很痛，可是我好期待明天跳上他们的车，开始我们的奇幻之旅！

2 一起开始的旅程

清早起来，我们一起去集市买了鸡蛋、胡萝卜、洋葱、起司、馕、酸奶和诸多香料，然后就朝着比什凯克进发了。

唯一的问题是，我们仨不能同时交流：我和松雁说中文，泊露听不懂；父子俩说法语，我听不懂却也喜欢听，法语像唱歌一样有韵律感；泊露同我讲英文，松雁听得懂但说不流畅。不过大家都很有热情地为彼此做翻译，因此也不妨碍我们仨谈天说地。我们从取笑松雁继承了东方人的脚臭，聊到父子俩在零下二十多度的 4700 多米的帕米尔高原开车经过长达五公里、没有修葺好也没有照明系统的“死亡隧道”。

一路在山间行驶，车窗外的景色让我十分惊喜，雪山，湖泊，青色的草地，一切像做梦似的。路过风景特别优美的地方，我们就停下车，在空无一人的山坡上坐着看风景，跟松雁一起在草地上疯跑、打闹。

傍晚降临，泊露看到了我的睡袋，大惊道：“小姐，你这样睡在车里会冻死的！”“我有四条裤子、四件衣服、四双袜子、两条围巾……”看到他有些生气，我小声嘀咕道。

泊露一言不发，把车开进了山里：“趁天黑前赶紧找家农户把你安顿了吧！”我们刚把车子停靠在一个农户的院子后面，一位老农就走了出来，邀请我们进家里坐。

老农的院子很大，几间农舍围绕在院子周围，一匹马和几头牛在悠闲地吃草，还有几只鸡，正安静地沐浴着田野尽头的夕阳霞光。

老农请我们到客厅喝茶。泊露父子赶紧取出了他们的笔记本电脑和随身携带的地图，要向老农展示他们驾车环游世界的路线图和照片。照片中既有他们在土耳其和农户们一起捕鱼的场景，也有在伊朗的大户人家做客时的场景，老农一家听得兴致勃勃。松雁有个小卡片册，每页上都有与“飞机”“吃饭”“牛群”等相应的图片，每当父子俩用手语解释不清的时候，松雁就找出对应的图片指给老农看。父子俩居然还在地上表演起了倒立，把老农一家逗乐了。不一会儿，老农的两个女儿把面包、牛肝和一些调料端了上来，饥寒交迫的我们心花怒放，泊露在一旁感叹："一般的山区人家都吃不上肉的，我们一路上借宿了无数人家，还真没吃过几次荤啊！"

夜里，泊露父子睡在车上，而我跟老农家的三个姑娘一起，盖着厚厚的棉被在厅里打通铺，在火炕的温暖和乡村的寂静里，美美地睡着了。

清晨起床后，泊露为我们同老农全家合了影，从车里取出了佳能 Selphy 相片打印机，打印出来送给了老农。也许这是给偏远山区的他们的最好礼物，他们留在家中，偶尔还会念起我们的萍水相逢。

3 羁旅在天穹下

我们每天都在核桃树林、高山湖泊和草原上穿梭，身旁时常有成百上千的牛羊经过，还有成群的马和驴子。累了我们就在路边铺上草席，在阳光明媚的下午睡上一会儿；脏了就趁暖暖的太阳还挂在空中，躲在河流边的灌木丛中，撩起冰凉的河水洗个澡；需要大小便的时候就去山转角没有人的地方就地解决。

我们还会扛着水桶去灌冰川融水或河水，泊露总可以凭经验告诉我们哪些水可以直接饮用、哪些水可以用来做饭、哪些水只能用来洗菜、哪些水连洗碗都不可以。

车后面的每个箱子，都像一个神奇的小宝藏，里面总是藏有各种惊喜，其中一个箱子里有各种厨具、食材和调料，另一个箱子里有很多干果和巧克力。虽然在野外做饭条件简陋，但为了搭配营养，泊露每顿都会为我们做不同的饭菜，清汤挂面、起司土豆、蘑菇汤、土豆洋葱玉米羹，应有尽有。他常常打趣说自己像养了两个孩子，因为我和松雁能帮忙的只有切菜和洗碗。晚餐后洗碗是最痛苦的，我要去敲丌河湖边的冰层，冰凉刺骨的水让我洗着洗着，手就失去知觉了。

父子俩终于不再找民居让我借宿，而是允我跟他们在车顶的帐篷里挤在一起睡。那帐篷是他们路过迪拜时花高价狠心买下来的。每次泊露和松雁在这看似普通的车顶，搭起一个像模像样、宽敞明亮、有窗又有房檐的帐篷，我都像是在看一场魔术表演。

夜里温度时常降到零度以下，他们总让我睡在中间，然后把他俩厚厚的睡袋使劲往我身上遮。即使几乎把全部衣物都穿在身上，我还是会在深夜里被冰冷的空气冻醒几回。可我只字不提被冻醒之事，生怕他们会快马加鞭早日把我送到目的地。

清晨，暖洋洋的太阳晒到屁股我们才爬起身来，然后打开车顶帐篷里的窗子，挤在一起趴着看窗外风景如画的雪山和草地。

长期跟自然相处的泊露俨然是个生物学家。在山间行走，在树林里穿梭，他常会采摘不同的植物，给我和松雁讲解它所属的门纲目科属种，生长、开花和繁衍的过程。我坐在车上，突然看到一只蓝色翅膀的小鸟停歇在枝头，指给父子俩看，泊露翻出一本书，三下两下地找出了这种鸟的名称、生长环境、习性、繁衍过程和与其他鸟种的区别，并给我和松雁上了一课。

野炊之后，泊露会放一些拉丁音乐，教我和松雁跳探戈和华尔兹。我们就在一望无际且荒无人烟的草地上，笑着，跳着，忘记了一切，仿佛生命里不再有明天。

偶尔我们也会陷入一些麻烦。我们正于雪山山头过关卡，车子却陷进雪地里前进不得。愁眉莫展之际，几个负责推路的本地人走了过来。我们惊呼着“救星来了”，他们却淡定地说：“走，先跟我们回卡车里吃个午饭再说吧！”我们哭笑不得，随了这些游牧民族“没有什么比吃和睡更重要”的悠闲态度，填饱了肚子，再一起回来用大型推车把我们的越野车从雪地里拖了出来。

有一次，车子的发动机坏了，开不动了。松雁如往常般坐在车后面看书，我目瞪口呆地看着泊露掀开车前盖，一个人在车头上捣鼓了两个多小时，又拆又装地换了很多部件后，我们又上路了。

松雁身上彰显出来的种种个性也让我惊叹不已。他伶俐聪慧，才华横溢，不仅可以讲德法英中四国语言，并且在途经中东中亚这么久之后，还可以说一些简单的阿拉伯语和俄语。虽然休学一年，他还是坚持写日记，并加上自己画的插图。他会拉手风琴，也在很多国家潜过水，两个月前还考到了潜水证。他懂得天文、地理，并对各国民俗和宗教都有所了解。另外，他还有一架自己的相机，跟着泊露学习摄影，他的摄影作品中取景和构图都非常不错，很难让人相信那是10岁小孩子的作品。

松雁勇敢又独立，不仅能上山爬树，还能洗衣做饭。一次，他的手蹭破了皮，他就一个人去找酒精棉，自己处理好伤口。还有一次，泊露招手让松雁把车开到他身旁，我起初以为是开玩笑，结果我坐在副驾驶座位上，眼睁睁地看着松雁爬上了驾驶座，把车开动了。我在一旁心脏都要跳了出来，大声叫住他：“别胡闹！我还要命呢！”可是松雁稳稳当当地把车开到了泊露身旁，停了下来。我瞠目结舌，松雁倒是有些不解：“难道你不会开车吗？”

松雁也有如小女孩一般的温柔与细心。这些日子里，我每天都会收到他为我采摘的一小束野花。有一次，泊露正在午休，松雁悄悄把我叫到一旁：“爸爸累了。你可以跟我一起敲核桃，扒核桃仁留给他吃吗？”

有时我们也会遇见一些骑行在丝绸之路上的单车或摩托骑士，还有自驾车主，泊露总会用特殊的节奏闪着车灯同他们打招呼，而他们也会用相应节奏的车灯回应。有默契的话我们会为彼此停下来，打个招呼，聊几句，相约在路边共进午餐或者下午茶。

正跟父子俩聊单车骑士的话题时，我们就看到路边一对单车男女在向我们挥手。停下车来攀谈，原来他们是一对来自法国的情侣，从马来西亚出发，骑行了八个月后来到吉尔吉斯斯坦，打算一路骑回法国。泊露送了一些轻便的食物和所需的生活用品给他们，还将他们携带的垃圾收进了车里。泊露轻声告诉我："在我和松雁骑单车穿行各国的经历过后，我们很能体谅这些单车骑士。他们总要很谨慎地考虑行李的重量，以减少骑行的负担。记得我们当时，连几克重的牙刷把都会锯掉，携带的食物也总是刚刚好，常常会没骑到目的地就耗光了食物，不得不饿肚子。""那你为什么收他们的垃圾呢？"我悄悄地问。泊露笑着回答："因为大

家在野外的时候都很注意环保，随身携带所有垃圾，直到进入大城市再丢掉。收他们的垃圾，不是为了给他们减轻负担嘛！”

我们同法国单车情侣聊得甚欢，于是决定一起在雪山边安营扎寨。傍晚，我们顶着刺骨的寒风，披着睡袋围坐在一起，聊着彼此的故事，也分享着草原落日的绚烂。

跟泊露父子在一起，简单地生活，尽兴地聊天，放肆地笑，我时常会忘记所在的时空。自己的过去与未来，一切一切，仿佛是场梦，一场我不愿意醒来的梦。这些天下来，我们真就像一家人一样，我也早忘记自己搭顺风车的身份。

4 世界以痛吻我，我回报以歌

离比什凯克越来越近了。

傍晚，泊露父子人手一把大砍刀向不远处的树林走去。我不解地跟了过去，只见他们如森林里跑出来的野人一般把一些干枯的树枝砍下来，堆在一起。“这是要……生火防狼？”我小心翼翼地问。松雁在一旁大笑：“你咋什么都不懂，不想跟你玩了！”我追着要打他，松雁才解释说：“是为了生篝火，多浪漫！狼，这里没有，之前我们露营的时候倒是见过。”

太阳刚落山，空气就变得冷冰冰的。我们开始生篝火，松雁很有经验，把篝火堆设计得非常精美，用各色的山石围了一圈，然后用汽油引燃。周边一片漆黑，这团火燃得绚烂夺目。泊露坐在靠近篝火的大石块上，一把将松雁揽入怀中。松雁大部分时候都是个小男子汉，坚强又能干，干粗活重活从不抱怨，可这一刻他温柔得像个女孩，躺在泊露怀里撒娇。

泊露示意让我也靠过来，然后仰头指向天空中的繁星，它们像一颗颗钻石般

WESTFALIA
FRANKENSTAR
310
4X4
RV RK 166

镶在黑色丝绸般的夜幕上。泊露小声地说:“看见了吗，北斗星……那颗是北极星……沿着它看过去，是小北斗星……还有远处的那群，狮子座……那是它的头颅，还有尾巴……那边是处女座……”

我睁大了眼睛：“哇，这些你怎么知道？”泊露微笑着说：“你是不是觉得有些惊讶，也很浪漫？如果你每天晚上也像我们这样，日落之后仅有的活动就是观星的话，这一切你也会懂的。”我不知道这九个月在路上的时光，他们度过了多少个只有深山和繁星相伴的夜晚。

泊露继续向我讲解起一年的不同月份，什么星座会坐落在天空的什么方位。我心中很是感动，突然间却又难过起来。每日每夜，这片星空都在我的头顶，而我却是第一次认真地仰望星空，观察每一颗星辰。我这个在钢筋混凝土下出生长大的孩子，只会解数学题和研究金融市场，却从来没有好好注视过身旁的一株植物、头顶的这片星空。

片刻过后，泊露讲述起他们这一路上最美好的经历，那是去年年底在阿曼大沙漠中的平安夜。

“五个月前，我们在阿联酋遇到了另外两辆自驾游的车，一对法国夫妇和一对西班牙夫妇。我们都觉得有缘分又聊得投机，于是就约定圣诞节平安夜在阿曼的金色大漠里见。平安夜那天，我们三辆分别来自法国、西班牙和瑞士的越野车，就这样如期在阿曼的大漠里相见了。我们一起生火做饭，唱歌跳舞，伴着夜空中的繁星入眠，那是我生命中最难忘的圣诞节。”

泊露顿了顿，继续说道：“你知道吗？平安夜那天，当那个法国男人的妻子用轮椅将他推下车的时候，我震惊了。那时我才得知，他曾经从事高空作业，两年前因为一场事故，从高空中摔了下来，变成了半瘫，医生诊断说他一辈子都站不起来了。自那时起，他决定只做自己热爱的事情，于是开车和妻子一起去环游世界。至今他都不能下地走路，可他们已经在路上两年多了。还有那个西班牙男人，他曾经出过一场车祸，差点丧命。那时他一下子怕了，怕在面临死亡时却发现自己未曾活过。于是他立即辞去了卖命很多年却毫无兴趣的朝九晚五的白领工作，跟他的妻子一起上路，也已经一年多了。我见到他的时候，他的右手只剩下大拇指，却还坚持开车。”

泊露显得有些怅然：“也许像我们这样在路上的人，都有相似的故事，和对生命的敬畏吧。我们不知道什么时候就会从世间消失，所以每分每秒，都要认真地过，让每个瞬间都燃烧得绚丽。”

我皱了一下眉头，问他：“你们？”

泊露抚摸着松雁的头说：“其实，我和妻子早就离婚了。那是五年前，我妻子突然离开了我们，再也没有回家。那时很不巧我失业了，面对双重打击，我变得一蹶不振。我每周去看心理医生，九个月后，我终于有勇气重新面对生活，也决心一个人把松雁抚养大。然而就在那时候，我突然在家中昏倒了，邻居把我送到医院的时候，医生诊断说我的免疫系统在攻击我的身体，随时可能有生命危险。这种病很罕见，无药可救。医生给我列了一个清单，全部都是我不能做和不能吃的，我看了之后就崩溃了，根据那个单子，我不知道自己除了卧床休息、喝水吃面包，究竟还能做些什么。”

我的眼睛睁得浑圆，眉心紧皱：“然后呢？”

“然后我在病床上躺了很多天，什么都做不了。松雁一直在我枕边哭，没日没夜地哭，哭得我心都碎了。几周后我对他说：‘孩子，我们明天就出院，不在这里待了。我想带你去看看世界。’无论医生怎么劝阻，我还是坚持出院了。临走前医生教给松雁所有急救措施，一旦我病情发作，他可以给我扎针。直到现在，我的血压都是正常人的近两倍，我从来不去医院，因为一旦进去就出不来了。而松雁已经习惯随身携带可以急救我的针管和药品。我也跟他说了，我随时可能离开，他一个人要坚强地生活下去。”

还没等泊露说完，满脸泪花的松雁就捂住了泊露的嘴：“爸爸，不会的，不会的……爸爸不会离开的……”

泊露紧紧地抱住松雁，擦拭着他脸上的泪水，说道：“傻孩子，是人都会离开这个世界的。有的是明天，有的是明年，早晚的事情。但无论如何，我会尽我最大的努力，等到你完成成人礼，好吗？”

我在一旁紧咬嘴唇，默默地看着泊露，不知什么时候，我的眼角也噙满了泪水，一下子划过了面颊。泊露伸手来擦我脸上的泪珠，笑起来：“你们俩呀，有什么可难过的嘛，我可真像是养了两个孩子！我真不觉得世上还有什么人比我更幸福。这场灾难可是我生命中的一份大礼，虽然它看起来有些丑陋，但却让我过上了多年梦寐以求、却从未有勇气去追求的生活。”我用力地点点头，我不知道这世间还有什么比这份父爱和对梦想的执着还要沉重。

5 我并不想念城市的拥挤

车最终还是驶进了比什凯克。我们仨却显得有些失落，小心试探着彼此是否还愿意一起继续上路，我们六目相对，然后捧着肚子大笑起来。我们决定去吉尔吉斯斯坦大使馆，延长我的签证。这是我第一次延长签证，彻底改变旅行计划。这些天来，泊露父子的无拘无束和随兴的旅行态度早就深深地感染了我，我不再想如往常般，快马加鞭地在生命长路上赛跑。少去一些国家和地方又如何？更何况旅行的意义又岂是走了多远的路这么简单？

等延签时，我们重新过上了城市生活。每日在拥挤的人群中穿梭，在繁华的街道上漫步，也参观了不少博物馆。

正赶上俄罗斯著名芭蕾舞演员来比什凯克上演《天鹅湖》，我悄悄地买了三张昂贵的票作为惊喜。父子俩得知后，迅速赶回家，换上衬衣和西裤，我惊讶地打量了半天，笑得合不拢嘴，泊露尴尬地解释道："人在江湖身不由己。有时候需要在路上办签证之类的正事，没有西装人家瞧不起你。"开车来到剧院停车场时，却发现那里尽是名车跑车，还没等我们反应过来，就发现我们那脏兮兮的越野车得到了超高的回头率，很多人都要同我们的车合影。

如往常般，每到一个新的国家，我就会写明信片给远方的家人。泊露父子受我的鼓励，坐下来跟我一起写起了明信片。松雁在他给曾奶奶的明信片上画了一幅画：以远处的雪山和大片的草地为背景，在几个牧民的毡房前，一个小朋友（松雁）和两个大朋友（泊露和我）在成群的马儿中间跳舞。当他们在车里小憩的时候，我悄悄跑去了邮局，把一摞明信片寄了出去。那一刻我心中轻松极了，想象着当松雁的曾奶奶收到来自吉尔吉斯斯坦的孙子和曾孙子的有信有诗歌有画的明信片时，该会怎样开心地笑出来。

当晚我请泊露父子去一家意大利餐厅用餐。我们尽情地享用沙拉、意大利面、比萨、提拉米苏和红酒，我问松雁："这么好的城市生活，还想野外吗？"松雁嘴里塞满了比萨饼说："想！"我打趣说："野外没有比萨饼！"他毫不犹豫地应答："可是爸爸做的饭也好吃！"

"在野外这么久，你们真的不想念拥有物质文明的城市生活吗？"我还是很好奇。

"'如果我真的对云说话，你千万不要见怪，城市是一个几百万人一起孤独地生活的地方。'听过这句话吗？是梭罗说的。"泊露有些感慨。

我点点头，这让我想起阿兰·德波顿笔下的城市生活。城市里总有些让人窒息的情感，包括对所处社会地位的焦虑，对他人成就的羡慕，以及在陌生人面前炫耀的欲望。城市人虽然生活舒适，也从未放弃追逐更多，即使他们什么都不缺，而幸福也根本与他们想追逐的东西无关。而野外的生活，也许就是泊露父子的治愈剂，在山里看看星星、听听鸟叫虫鸣，这些简单、宁静、干净的东西更容易让他们幸福、快乐。

6 每一个不曾起舞的日子，都是对生命的辜负

很快我们又开始了新的旅程，一路前往美丽的Song Kol湖。

如往常般，我们在雪山和丛林之间穿行。还有越野车里的音乐相随，从温柔的法语歌曲，到爱尔兰民乐，还有疯狂的俄罗斯摇滚。播到Bon Jovi的那首“It's my life”（这是我的人生）时，泊露突然兴奋起来，大声地唱起来：“It's my life, it's now or never！ I aren't gonna live forever, I just want to live while I am alive！”（这是我的人生，如果不把握现在，时光就将稍纵即逝。我不会永远活在这世间，我只想在我活着的时候让生命尽情地燃烧！）

他感慨万千地说：“相信吗？ 20年前我还在上大学的时候，我听到了这首歌，那时我就告诉自己，有一天我会听着这首歌，开着自己的越野车，穿越一片浩瀚无际的沙漠！正是在五个月前在阿曼沙漠里的那一刻，我实现了这个愿望。那一刻我的脑

海里一片空白，时间与空间感突然消失了，眼泪不住地流。那就是我要的人生！”

他抚摸着松雁的头，眼眶湿润了：“我亲爱的儿子，你还小，不懂，以后长大了就懂了。”松雁调皮地拍打泊露的肩膀，大声地说：“你说的我都懂！我当然懂！你凭什么说我不懂？”泊露笑而不语，继续专注地开车前行。沉默过后，泊露有些伤感：“等你真的到了懂这首歌的年纪，你就有女朋友了。路上的旅伴可能就是女友，而不是爸爸了。”

片刻后，我告诉泊露：“七年前，还在念大一的我，第一次背上行囊去异国旅行。那是在越南，我遇见了一对法国夫妇，他们辞去工作环球旅行一年。那时我对自己说，有一天，我也会辞掉工作，上路一年。而现在的我，不正是在完成那时对自己许下的诺言吗？”

泊露微笑地看着反光镜中的我，我继续说道：“现在我遇到你们，我告诉自己，未来我也会带自己的孩子旅行一年，去看看这个世界。我想，这会是我能给予他的最好礼物。”

泊露顿了顿，轻声说道：“你一定会的。”

终于到达了 Song Kol 湖，我们都沉默了。一望无际的草原，远处成群的马儿，草原上没有路，我们肆意地在草原上开着越野车驰骋。泊露微笑道：“这就是最好的时刻，没有人。静，出奇地静，一切都凝固了，静止了。多像五个月前阿曼的金色大漠！”

是不是美好的戏剧都会曲终人散？外国人在中国自驾每天要付近一千人民币的导游费，因此泊露父子不愿意进入中国。我的签证就要到期了，父子俩不得不送我去长途汽车站。路上，我们比往常都沉默了很多，平日里玩笑不断的松雁也显得有些古怪。我尝试着去打破这份僵硬，小声说道：“整整 15 天，这是我第一次搭车搭这么久……”

泊露看了看我，说道：“我们也是第一次载背包客呢……唉，你这片阳光啊，来得快散得也快……有人叫你 Miss Sunshine （阳光姑娘）吗？”我很难过，却又微笑起来，在新加坡确实有些同事这样称呼我呢。

车站到了。我背上行李，跳下了似乎早已成为我路上的家的红色越野车，泪水哗哗地流过面颊。我是那么怕道别，怕到我紧紧地拥抱他们许久，却什么都没说。

从比什凯克到我们最初遇见的奥什小镇，这条路是我们一起驱车走过的。每当路过我们曾露营过的地方和停留过的风景，我一眼就能认出来，眼眶也会随即湿润。

晚上，我收到了泊露打来的电话，他告诉我，在我走之后松雁也哭得泣不成声，可他不让泊露告诉我，因为他要做男子汉。

离开朝夕相处、患难与共的泊露父子，就像离开自己的家人一样艰难。在我的字典里，有爱的地方就是家。记得 15 天前最初遇见他们的时候，我肚子疼痛难忍地颤抖着告诉他们，一个人背包旅行，最怕的就是遇险与生病。可这一刻我突然觉得，也许在路上，最艰难的是与路上刚搭建好的家道别，与这些亲人说再见。

远方的泊露和松雁，你们在哪儿，你们还好吗？